何度でもオールライトと歌え

後藤正文

4

プロローグ　君は拳銃を撃ったことがあるか

すごいタイトルをつけたもんだ。

俺は拳銃を撃ったことがある。それは数年前、ツアー先の韓国でのことだった。別に娯楽として、面白半分に銃の撃てる施設に行ったわけではない。俺は当時から戦争反対だの、海外の紛争についてだの、曲や言葉で書き表していた。そういうことを訴えるうえで、銃の一発も撃ったことがないというのは、どういうことなのだろうと思ったのだ（もちろん、たとえば戦争をしたことがある人間だけしか戦争に反対してはいけないというのは、おかしな論理だとも思っている）。

ゲームでも映画でも銃撃戦の類《たぐい》は溢れかえっている。悲しいけれど、そういうニュースもある。けれども、リアリティをどこまで持って観ているのか、俺には自信がなかった。発砲した衝撃で、どういう気持ちになるのかを知りたかった。

銃の撃てる射撃場は韓国の繁華街にあった。明洞《ミョンドン》という、渋谷とか原宿みたいな場所だ。そういう街の中心部に、このような施設があることが驚きだった。俺は通訳の案内でその施設に行き、あまり衝撃が大きくないと言われている小型の銃を選んだ。ナントカマグナムみたいなヤツを店員に勧められたが、注意書きには「けっこうヤバいよ、衝撃が」というようなことが書かれていて、それが怖かったので小さいヤツを選んだのだった。

銃の撃ち方のレクチャーを受けたあとは、射撃ブースみたいなところの後ろで順番を待った。自分で決めて射撃場に来たわけだけど、怖いな、と心の底から思った。

順番が来て、俺はゴーグルとマスクを装着して射撃ブースに入った。銃は自分のほうに向けられないよう（自殺を防ぐため）、射撃場のスタッフによって両サイドから伸びる細いチェーンで固定された。俺は小型の拳銃を両手でしっかりと握って、引き金を引いた。バンというよりは、もう少し高い質感の、パーンというような音が壁に反響した。音というよりは圧、という感じもした。肩から指先にかけて、緊張によってどんどん強《こわ》ばっていくような感覚があった。全ての弾を撃ち終えてブース裏に出ると、手はわなわなとしていて、膝が少し震えていた。なんとも言えない、不快な気分だった。こんなものを人に向けて撃てるわけがないと思った。そう俺の身体は俺の心に語って、心は後追いで、それを認知した。

そのあと、ゲロを吐きそうになった。

ブースが奥に見える待ち合い所で休んでいると、日本から来た家族連れがワキャワキャと射撃場に入って来て、銃を選び、ブースのほうに入っていった。小金を持っていそうな爺さん、息子、そして孫、という構成だったように思う。俺はその小学生くらいの孫がキャッキャと銃を撃っている姿に絶句した。うまく撃てたのか撃てなかったのか、その会話に胸糞《むなくそ》が悪くなって、そのあとでなんだか絶望的な気分になった。

韓国の街中には、迷彩服を着た若者がポツリポツリといた。休暇なのか、一時の帰省なのかはわからない。ふと、「ドラムが兵役に行っていて……」というような、韓国の音楽仲間たちからよく聞く科白《せりふ》を思い出した。日本で言われる「平和ボケ」って、どういうことなんだろうとも考えた。

そういうことを、今日になって思い出した。

まあでも、最近の戦争は、誰が誰を殺しているのか、直接的なところに意識がいかないように仕向けられているのだと思う。ミサイルとか、無人の爆撃機だとか、ハイテク兵器はこういった生々しい銃器からの衝撃や、炸裂音や、破裂音や、血や、飛び散る肉や、焼けこげた人体や、粉々になったビルの匂いを隠匿《いんとく》する。というか、国民が軍隊に戦争を委託した時点で、その生々しい一切を委託しているのだ。隠匿しているのは俺たち市民だ。画面越しに、火薬の匂いはない。だからこそ、恐ろしい。日本に住みながら、その匂いや音を生々しく脳内で再現できるひとは少ないだろう。
のっぺらぼうにするのだ。顔がない。テロ国家と言えば、そこに住むすべてのひとがテロ国家の極悪人だと思い込んでしまう。撃っている側はそういうふうにして、想像力をぶっ殺して、感情を削《そ》ぎ落とす。あいつらみんな極悪人、殺してしまえ。そんなわけがあるか。単純化するな、ド阿呆。戦闘機に乗るのも、ミサイルを発射するのも、どこかの誰かだ。母親の胎内から産まれてきた人間だ。

こんなことを、どうして考えるようになったのだろう。でも、どういうわけか、無頓着ではいられないような気分になった。どこかの爺様やオッサンたちが、頻繁に物騒《ぶっそう》なことを言い出すようになったからかもしれない。

決定的な何かはないけれど、音と、匂いがする。空気は読むものではないと思う。読もうとすると、面倒な圧力や膜が立ち上がる。だから、嗅《か》いでみたり、耳を澄ませてみるのがいいと思う。

2012.12.12

※本書はASIAN KUNG-FU GENERATIONの公式サイトに掲載された日記に加筆修正を加え、再構成したものです。

TEEN
weezer

RE TIMES 01

『何度でもオールライトと歌え』目次

1

ぽつねんと、阿呆がひとり

16

散歩師の悪夢

散歩が趣味なので、昼間からふらふらふら歩き回ることが多い。景色を楽しむでもお洒落なカフェを探すでもなく、都心や大きなショッピングセンターに行くでもなく、ただ単にふらふらして、お、この道知らんわー曲《ま》がろうかしらん、とかいって迷子になったりする。そうして、ただ、あてもなく、考えごとをしながら歩くのが好きだ。

この日もふらふらと歩いていた。公園があったので休憩をしようと思った。公園に入っていくと、警察官がなにやらザワザワとしていた。

こういう場合、なんか警察いるの嫌だなーと思うのは人として当たり前の心理だと思う。なぜならば、何か面倒な事件などが起きていた場合、これに巻き込まれてしまうからだ。だけれども、もう俺は数十メートルも公園内部に入ってきてしまっているわけで、ここで引き返すと警察官が追いかけてくる可能性があって、そうなるとさらに面倒くさい。なので、そのままなるべく涼しい顔で歩いていった。

公園の奥に進んでいったのはいいけれど、困ったことにこの公園は散歩コースとしては不適切なタイプの、警察官が立っているあたりのベンチに座らないことにはお前なんでこの公園に入ってきたの？　となるような造りだった。俺としては、このまま通り抜けたかった。知らん顔で通り過ぎて、なんかいい感じの蕎麦屋《そば》でも見つけて板わさを肴《さかな》に一杯やって最後は鴨せいろで締めよう、そんなことを考えていたのだけれど、それは無理だと直感した。

このまま通り抜ける場合は明らかに不自然なので、現場に戻ってきた犯罪者だと勘違いされてしまうかもしれない。そうなると、まずは名前を聞かれて、職業も聞かれる。で、後藤さん？　何やってんの？　とぶっきらぼうに質問されるだろう。俺はミュージシャンとか……、と濁す。音楽が生業《なりわい》であることを職業名で言い表すのが難しいのだ。なぜなら、音楽家というにはヘッポコ過ぎるし、自分で自分のことをアーティストと自称するのは寒い。自由業というと聞こえはいいけれど、自由という言葉のそこはかとない不謹慎さが気になる。だからミュージシャンと自称するのだけれど、横文字への照れもあって「とか」を付けてしまう。警察官は当然、「とか」って何ですか？　と食いついてくるだろう。そうしたら、俺はたまに文筆などもしていますと咄嗟《とっさ》に答えてしまうと思う。そして、どこで読めますか？　と警官に返されて、とくに現在は雑誌の連載もないので答えに窮してウェブサイトのアドレスを教えることになってしまう。そうなると「http:～」のコロンの後を説明するのが面倒くさい。何より、コロンと言っている自分を想像して無性に腹が立った。コロン、の響きが嫌だ。参った。

仕方ないので、ベンチに座った。

目の前では、ひったくりなのか置き引きなのか、何やら人様のモノを盗んで逃げたヤツがいるということで実況見分が行なわれていた。悪いヤツがいるもんだなー、けしからんなーと思いながら、警官らのやりとりを盗み聞きしていた。すると会話の中で、どこかのマダムが「だって犬の散歩でもないのに、子供と遊ぶでもないのに、こんな公園入ってくるのおかしいじゃないですか？」と言った。

俺はもう、早くこの場を立ち去りたいと思った。なぜならば、そのおかしさを現在俺は目一杯抱えてこの公園のベンチに座っているわけで、警官は幸いにも俺のことを気にしていないが、この話の流れだとアイツおかしいなということになっても仕方がない。そしてやっぱり職業を聞かれる。今回は素直にミュージシャンです、と答えよう。その場合は、本当ですか？　なんていうグループ名ですか？　と尋ねられるだろう。俺は自分の属しているクソ長いバンド名を伝える。大概の場合、一度では伝わらない。え？　アジ？　なんですか？　となる。で、苦労して伝えたにもかかわらず、まったく知られていないという場合がほとんどだ。マダムたちも当然知らないだろうから、奥さん方は知ってますか？と警官がマダムに振ったところで、いえ……とさらに微妙な感じになって、ウソをついていると思われる可能性が高い。当然、一曲歌ってみろと言われるだろう。それは困る。アカペラで歌って映える感じの曲がない。まあ、俺は仕方なく、一番有名そうな「リライト」を歌うことになるだろう。Ａメロから歌うと間奏があって長いので、サビだけを歌うことになる。消してー、リライトしてー。で、問題はその後のパートで、ここは俺の滑舌《かつぜつ》が悪くて「くだらナッチョーセッソー」と聴こえるらしい。ナッチョーセッソーってなんですか？　と警官に聞かれるかもしれない。もちろん俺も知らない。正直に滑舌が悪いので聞き間違えられてるんです、歌詞カード見てくれよと思うんですけど、聴いてもらっている立場なので言いづらくて……と答えるしかないのだけれども、そうすると、ご苦労なさってるんですね、本官の若い頃は……と人生相談が始まることだってありえる。俺はここから一刻も早く離れてビールを飲みたいだけで、なんか浅イイ話みたいなのを聞きたいわけではない。本官の若い頃は……から始まる話は、たぶん死ぬほど長い。

そんなことを考えているうちに実況見分は終わっていた。ぽつねんと、阿呆がひとり。

2012.10.6

20

マルチーズ

　夕刻、薄暗くなり始めた交差点。自転車で信号待ちをしていると、横断歩道の向こうに犬を連れた若い女性。マルチーズのような白い小型犬が可愛い。けれども、マルチーズはあまり好きではない。というのも、昔、中学校の通学路にマルチーズを数匹飼っている家があった。その家の主がたまに門を閉め忘れたか何かで、マルチーズたちが県道に放し飼いのような状態になるのだけれども、歩道にあふれたそのマルチーズたちが実に凶暴で、通行人に襲いかかってくるのであった。一匹だと気の弱いマルチーズも、群れになると存外に恐ろしかった。小さいからといってあなどってはいけない。ヤツらも身体のどこかに野性を忍ばせているのか、人間の急所がわかるらしく、みなでアキレス腱を狙って噛みついてくるのだ。

　そんなことを思い出して戦慄していたらば、信号が青に変わった。

　横断歩道を渡って、マルチーズと女性の横を過ぎようとした。するとおもむろに、マルチーズは小刻みに震えて、綺麗なハの字に後ろ足を広げたのだった。ここまで、ほんの数秒のできごとだった。

あれ？　もしや？　と思った俺がやっぱり！　と確信する暇もなく、マルチーズはハの字になった足の、三角形でいうと頂点のところに開いた穴からプリッと、例のアレをかましたのだった。うわっと俺は思って、半笑いで尻の穴に寄せた目線を飼い主のほうへすべらせると、飼い主の女性は斜め上の、虚空《こくう》としか呼びようのない空間を眺めていた。こ、こ、こいつ、持って帰る気ゼロじゃないか、と、俺は瞬時に悟ったのだった。本当に、この間は二秒もなかった。そして、口から咄嗟に言葉が出た。

「ウンコしてますよー」

どういうテンションで言って良いかがわからなかったので、妙に弱気な感じのトーンになってしまった。もしかしたら聞こえないかも、みたいな音量になってしまったのだ。独り言に近いニュアンスだったかもしれない。だって、夕方の薄闇のなか、自転車で追い抜いていくオッサンからいきなり「ウンコしてますよー」と言われたらどうだろうか。まあ、女性は飼い犬が糞をしていたので虚空を見てごまかしていたのだろうけれども、場合によっては俺が変な奴としてどこかに突き出されてしまう可能性もある。新手の通り魔か変態だと認定されて、「最近このあたりで『ウンコしてますよー』と若い女性に声をかける怪しい男がいます」と掲示板などで告知されてしまうかもしれない。そういうことが脳裏をよぎって、躊躇《ためら》う気持ちを殺せなかった。とにかく、なんともはっきりしない声量だった。

女性は虚空を見つめたままだった、ような気がする。ビニール袋か何か持っているのかなと咄嗟にファッションチェックをしたけれど、犬の糞を入れるにはオシャレすぎるトートバッグを肘《ひじ》からぶら下げていた。スピードを少し上げかけていた俺は、緩めることなくシャーッと自転車で女性とマルチーズの脇を通り過ぎて、右折して家に向かった。これが数日前のできごとだった。

そして今日、現場付近を通る機会があったので、例の交差点に立ち寄ってみたのだった。堂々とした雰囲気で、マルチーズの糞が路肩に鎮座していた。馬鹿野郎！ と俺は呟《つぶや》いたのだった。

2015.4.5

23

喧嘩しようぜ！

電車に乗るなり、何かトラブルの匂いがした。

優先席でジョギング用のキャップを被《かぶ》った俺と同じくらいの歳のオッサンに、エグザイルの坊主でないほうのボーカルをハンマーで上から叩いて尺を詰めたような若者が絡んでいる。彼らの対面の席には、乳児を抱っこしたお父さんが座っていた。

「だから、普通に謝ればいいんだって」と、ジョギングキャップはベースボールマガジンを読みながら言った。詰めザイルは「うるせーよ」と応酬している。

何があったのかは知らないが、詰めザイルが座席に座る際にジョギングキャップのベースボールマガジンか何かに接触するなどして注意をされ、それに対して詰めザイルが反抗というか、そういう言い方ねえんじゃねえかとか、まあ単にムカついたというか、そういう状況なのかなと俺は想像した。うわぁ、嫌だなぁ、嫌だなぁ。と、いつものように脳内は稲川淳二のようになったわけだけれども、しばしの口論の末に繰り出された詰めザイルの科白に車内は静まり返った。つうか、もともと静まり返っていたけど、さらに澄んだ空気が漂ったように思う。

「お前、歳いくつだよ⁉」

あー、それ関係ねー。歳は関係ないわー。と、乗客の誰しもが思った。するとやはり、ジョギングは「歳は関係ないだろ」と呆れた顔で応酬した。乗客たちは向かいの席の乳児も含めて「そうだよね」と心の中で唱えていたにちがいない。

詰めザイルは堪《たま》らずに、平日の昼間っから電車でベースボールマガジンを読んでいるけれど、お前は暇なのか、仕事してないのか、というようなことを言い出した。それに対してジョギングは「いや、平日休みもあるから」とか「大きなお世話だよ」と溜め息混じりで、お前は何を言っているのだという顔で返す。ジョギングの醸《かも》し出す呆れ顔の〝呆れ〟感は絶妙で、これは俺もやられたらイラッとするだろうなぁと思うくらいの〝呆れ〟がビンビンに表出していて、当然詰めザイルの怒りのツボをその〝呆れ〟が直撃して、車内はややこしく拗《こじ》れていくのだった。

その拗れの中で飛び出した言葉もすごかった。

「喧嘩しようぜ！」

詰めザイルが放ったこの一言に、車内は脱力というか、「久々に聞いたわ！！！　その科白！！！　中学以来！！」とまだ中学に行ったこともない乳児も含めた乗客全員が思ったのだけど、ジョギングは「嫌だよ、面倒くせーし」と拒否の姿勢を〝呆れ〟感ＭＡＸで表す。が、詰めザイルは「喧嘩しようぜ」を、それしか言えないオウムのように繰り返す。それに対してジョギングは「嫌だよ、面倒くせー」を毎度返し、ミニマルテクノみたいな感じになっている。延々、終点までこの調子で行ったらヤバいなと、そう皆が思っていただろう。そのうちに、詰めザイルは違う科白を使ってなんとかジョギングを喧嘩のテンションまで持っていこうと奮闘しはじめたけど、ジョギングの怒りに触れる語彙《ごい》がない。すべてを「呆れ」によって打ち返されている。そりゃそうだ。なにしろジョギングはベースボールマガジンを愛読している。打ち返すことに関しては、こだわりがあるだろう。話はいつのまにか次の駅で降りろ、いや降りない、に変わっていた。

　そして、騒ぎが収まったはずはないのに、ジョギングはベースボールマガジンに集中し、詰めザイルは激昂《げきこう》していたにもかかわらず携帯を弄《いじ》りだし、車内に奇妙な沈黙が訪れた。詰めザイルはメールで仲間を呼んでいるのか、ツイッターなどのＳＮＳに投稿しているのかわからないが、何かを打って読んでいる。俺はこの状況をツイートしたい欲求に駆られていたが、詰めザイルが俺をフォローしていたりすると話がややこしくなって、「喧嘩しようぜ！」と言われるかもしれない。恐ろしいので、iPhoneを弄るのはやめた。

そうこうしているうちに、いきなり詰めザイルがガシッとジョギングの首に手を回して絞め上げ始めた。「降りるぞ」とスゴんでいる。が、ジョギングの〝呆れ〟感は一ミリも減らず、首を極《き》められながらも「やめろよ、面倒くせーし」と、もはや厭世《えんせい》感まで滲《にじ》み出てきている。そんな雰囲気を乳児も感じているのではないかと目をやったら、もう電車を降りてしまったようだった。そして、首に回した手はジョギングの抵抗というよりは詰めザイルの自発的な意志によって解かれた。乗客はほっとしたと思う。巻き込まれたくないと、皆が全力で思っていたはずだ。すると、詰めザイルは再び降りる降りない問答をジョギングにふっかけ始めた。そして、こう言い放ったのだった。

「ちとふなで降りろ！」

ち？　と？　ふ？　な？

乗客の半分くらいの脳内にクエスチョンマークが点滅した。「ちとふな」とはなんだろう。俺にはよくわからなかった。魚類の鮒《ふな》を絡めた方言のような形容詞なのかもしらん、と思った。

すると、「次は千歳船橋《ちとせふなばし》〜」と車掌のアナウンスが入った。

そこで俺は略称だということを理解したわけなのだけれど、口喧嘩における「ちとふな」という、柔らかい発語感はどうなのだろうか。どんなに乱暴な言い方をしても「ちとふな」をおどろおどろしく言うことは不可能だと思う。何しろ響きが可愛い。デスヴォイスで言っても、どこか柔らかな雰囲気がある。アニメ声優とかに言ってほしい響きがある、「ちとふな」には。萌《も》えるという感情が俺はよくわからないが、もしかしたら人生初萌えを体験できるかもしれない、というポテンシャルを感じる。ちとふな。

電車は千歳船橋に着き、詰めザイルは俺に一瞥《いちべつ》をくれて降りていった。ジョギングに対する捨て台詞はなかった。そ、そんな、終わり方って……と、乗客は皆思っただろう。「お疲れーっした」というような、やる気のないバイトがシフトからあがるようにして詰めザイルはホームに消えていった。ジョギングも何ごともなかったように、興奮して身体が震えるでもなく、普通にベースボールマガジンを呆れたような顔で熟読していた。俺は事態がよく摑めずに、これまでのあらましを全て忘却したような空間に取り残されてしまった。

俺はなんだか納得がいかず、その場で頭を丸めて何本かのラインを剃《そ》り込み、いい感じのグラサンでパキッときめてジョギングに近寄り「喧嘩しようぜ！」と胸ぐらを摑んでみたい、そんな気分になった。

2013.1.23

金色のお坊さん

目的地の駅で降りるべく、俺は新幹線の座席を立った。

新幹線では「まもなく×××に到着～」というアナウンスが放送されてからホームに到着するまでに数分の間がある。この間が席を立つのをとても難しくしているのだけれども、まあ、早く降りねばと焦るでもなく、そそくさとデッキに向かう気の早い乗客をあざ笑うでもなく、それこそアルデンテみたいなタイミングで席を立てたらいいなぁといつも思う。ところが、これがけっこう難しい。新幹線に乗客を吐きだしたいという欲求、擬人化して喩《たと》えるなら便意のような感覚があるとすれば、その高まりを読み取って、スポンと排泄《はいせつ》されてみたいのだ。よくわからんけど。

ところがまあ、せっかちなヤツもいればのんびりした人間もいる。名古屋が目的地ならば、それこそ豊橋くらいからデッキで待たないと気が済まないってくらい気の早いヤツもいる。たとえば、アジカンの山ちゃん（ベーシスト）は件《くだん》の車内放送が入ったときにはすでにデッキにいることが多いような気がする。おそらく、三河安城《みかわあんじょう》を過ぎると放送される「この列車は三河安城駅を通過しました。およそ××分で名古屋駅に……」というような車掌のアナウンスを元に到着時刻を計算しているか、そうでないとしたら驚異の記憶術で車外の樹木、ビルディング、標識、信号などのありとあらゆるランドマークを元に判断しているのだろう。気ぃ早っっ!!　と俺は毎度思う。

この日の俺は新幹線に漂う〝便意〟的な空気を絶妙に読んで、早くもなく遅くもないタイミングでデッキへ向かった。デッキへの通路には降りるための時間を予測して早めに移動した小さなお子様連れの家族と、せっかちなオッサンがおり、それぞれ右と左に寄っていたので、俺は自分の乗っていた車両に背を向けて、次の号車を向くようにしてオッサン側の出入り口に寄りかかって到着を待った。新幹線はゆっくりと減速していった。

しばらくすると、肩にかけていたバッグからクン、クン、と押されるような圧を感じた。振り返ると黄金色の装束を纏《まと》ったお坊さんだった。金色っていうことは徳が高いのかしらと、よく知らないけれども尊敬のような畏怖《いふ》のような気持ちが立ち上がったけれども、デッキは家族とオッサンで埋まっているし、これ以上詰めてもホームに降りる時間にさして影響はないはずなので、俺は仏罰を恐れながらもクン、クン、を無視した。なかったことにした。

まあ、金色の装束を着るようなお坊さんであるからして、俺越しに見える家族連れを考えれば、これ以上デッキに詰めても云々ということは瞬時に理解してくれることだろうとも思った。

ところが、間髪入れずにクン、クン、と坊さんが再度俺に圧を加えてきたので、これは何か理由があるのだろうと思って振り返り金色の坊さんを注視すると、坊さんは弁当のゴミを屑籠《くずかご》に入れたいらしく、その袋を持ち上げて「これですねん」みたいな顔をしていた。これは大変に失礼しましたと、俺は恐縮しながら通路のオッサン側に少し進んで、坊さんが通り抜けるスペースを用意した。金色の坊さんはニコニコしながら、俺の横をすり抜けてデッキの屑籠にゴミを捨て、自席に戻っていった。さすが、徳の高い坊さんは紳士的だなぁと感心し、同時に通路は塞《ふさ》いだらいかんなぁと反省した。

そうこうしていると、新幹線は駅に滑り込みはじめた。

車窓から察するにオッサンの側のドアが開く感じだったので、俺はオッサンの後ろに並んで、列車が止まるのを待った。

するとまた、クン、クン、と俺のバッグに圧があった。まだ新幹線が完全に停止するのには数十秒はあるはずだったので、そのクン、クン、を俺は無視した。なぜならば、こんなタイミングで押されても実際の降車までには時間があるし、新幹線の特性を考えると、ここで前に詰めたところで所要時間は大して変わったりしないし、なによりも俺はもうそこそこにオッサンの側まで詰めていたからだった。せっかちなヤツだなぁと思った。それでも、クン、クン、が止むことはなかった。なんだよ、誰だよ、もう詰められねーし、まだ着かねーよ、と振り向くと、そこには金色の坊主が立っていた。

2015.10.4

2

自分が暮らす町くらい
自分で決めたい

二項対立ではない理想を語ること

2011.3.9

Aでなければ必ずBだという考え方。こういった記号を使ってしまうと、物ごとの全てがシンプルだと錯覚してしまうと思います。

実際には、記号化できないくらい複雑ですよね。そんなこと、誰もが知っています。でも、自分とは関係のない物ごとを考えるとき、1か0か、敵か味方か、白か黒か、中沢新一さんの言葉を借りるならば全てを「二項対立」させてしまうような風潮、潔癖性、そういうものを世の中や大きなメディアから感じます。それはとても恐ろしいことです。

原子力発電に対する私のアティチュードも、自分自身でAなのかBなのかわかりません。つまり、「賛成」なのか「反対」なのか。それでも世の中はどちらかの派閥に分けたがっているように感じます。アジカンの後藤は反対派なのか賛成派なのか。どちらと思われてもかまわないのですが、極端に誤解されるのが嫌なので、現在自分が原子力発電について考えていることから、まずは書きたいと思います。

放射性廃棄物の問題がなければ、原子力は夢のエネルギーでしょう。安定的に電力を供給することができるし、燃料のコストは石炭などにくらべても安いのだという話を、専門の方から実際にうかがいました。高速増殖炉という技術が安全性を持って稼働するならば、この先千年以上にわたって放射能を持たないウランからもエネルギーを取り出すことができるとのことです。

一方で、先にも書いたとおり、延々と放射性廃棄物を生み出すという問題があります。私の問題意識や疑問の核心、源泉はここにあります。地中奥深くの固い岩盤に埋設して、少なくとも数百年、あるいは数万年（どの数字が正しいのか判断する学識が私にはないのですが）も隔離しないといけないような危険な物質が生成されているのです。江戸時代以前に排出された生死に関わるほどのゴミを現代人が引き受けているところを想像してみてください。とても複雑な気分になりますよね。日本では、この放射性廃棄物の最終処分場がまだ決まっていません。「トイレなきマンション」とも言われています。

技術的に、この問題が解決されるのであるならば（たとえば放射性廃棄物の放射能をゼロにするような技術の発見）、そういう確証があるならば、私は原子力発電こそが未来のエネルギーだと言えるのではないかと感じています。おそらく、いろいろな場所で技術者や科学者たちが研究に勤《いそ》しんでいることでしょう。その方法を発見すれば、ノーベル賞どころの話ではないでしょうから。ただ、現時点では、解決していない問題だと考えています。

一方で、現在使用されている原子力発電所を停止するというのは無理だということも理解しています。突然に原子炉を停止すれば大変なことになるということくらい、私にだって想像できます。私も例外なくその恩恵で便利な生活を送っているし、音楽を作ったり演奏したりすることにも電気が必要不可欠です。自家発電のみで生活している人以外のほとんどの日本人は、原子力で発電された電気を割合はどうあれ使用しています。

私は、ゆるやかに原子力発電の規模や割合を縮小していくべきではないかと、そんなふうに考えています。今日明日のことのように話すから、物ごとが白か黒かになってしまうのではないか、とも思います。だから、百年くらい先の、何世代も先にどうなっているかを考えて、話をするべきだと思うのです。これは、具体的な解決方法の話ではありません。社会の大きな矢印の向きの話をしています。

延々と経済発展していくようなベクトルの思考を止めて、社会全体でエネルギーのあり方を考える。それを生活に密接させる。正しい研究機関やエネルギー産業にお金が落ちるような社会の構造を希求する。そんなことが必要なのではないかと思います（ハコモノ行政や経済振興や過疎対策として使うには、原子力発電所はリスクが大きすぎると思っています)。

まあでも、はっきり言えば、関心のない人がほとんどでしょう。何か深刻な事件が直接的な場所で起きないかぎり、生活が脅《おびや》かされることはないですから。

ただ、やはり考え直さなければいけない時代なのではないか。それはエネルギー政策のことだけではなくて、社会全体の仕組みについても同じことを感じます。大きな閉塞感を感じます。と同時に、それを変えていこうという気運も感じています。

基本的に、私は皆さんに、まずは「理想的なこと」を考えてほしいと願っています。できるかぎり、「現実」である実生活とは切り離した部分で考えてください。「現実」は否応なく、もう手の中にありますから、手にしていないものについて考えてみてください。

そして、「理想」と「現実」はいつだって何らかによって引き裂かれます。多くの矛盾が存在します。その間を埋めていくしかないと、私は思います。白でも黒でもないところに、道があるのだと思います。歩める場所は「現実」の上にしかありませんが、道の方向をポジティブなものにするのは「理想」です。だから、「理想」を語ることはとても大切です。そう信じています。

長い文章になってしまいました。

右の文章は、これから書く上関町《かみのせきちょう》の田ノ浦見学記と、広い意味で関係しています。ですが、ある種の関係性をもって語るには、問題が複雑だと感じます。なにより、私は現地の住民ではありません。

なるべく私の心にあるバイアスを削ぎ落として、今回の見学記を書きます。これは「あるミュージシャンからみた視点」だ、ということを踏まえて読んでください。一億分の一の視点からのパースペクティブ（立体的な物ごとの配置というような意味）が折り重なって、社会はできています。この駄文が、皆さんがそれぞれのパースペクティブを今一度確認するための、ひとつのノイズになれば嬉しいです。

*

博多駅から新幹線に乗り、徳山駅へ到着。車内で少しうとうとすることができたけれど、九時前に徳山着ということで、まだ少し眠かった。それでも、前日の福岡ライブ後の打ち上げでお酒を控えたので、体調は万全だった。

徳山の駅前でレンタカーを借り、同行してくれた福岡の友人の運転で周南《しゅうなん》市から光市、上関町に入った。しばらくは二車線道路が続いたけれど、田ノ浦に近づくにつれて道は細くなって、ペーパードライバーでは脱輪、もしくは崖から転落しそうな道もあった。独りで行かなくてよかったと思った。

同行人がいたということが救いではあったけれど、田ノ浦の浜に向かう道がわからずに困った。カーナビに載っていない場所が目的地だったことが原因だ。現地の人たちは複雑な気持ちだろうし、外部の人たちが来ること自体を快く思っていないかもしれない。そんなことを考えていたので、大変緊張したということもまた、道に迷った原因のひとつだったと思う。道を間違えて辿り着いた小さな港で住民の方に道を尋ねたときには、変な汗をかいた。

迷い込んでしまった農道の先を歩いて確認しようとしていたところ、後ろから小さな軽自動車が追い越して行った。その方も盛大に道を間違えて、バックでもとの場所まで戻ることになったのだけれど、結果的にその方の案内で最寄りのログハウスに向かうことができた。「isep」(環境エネルギー政策研究所。持続可能なエネルギー政策の実現を目的とする、政府や産業界から独立した第三者機関)の飯田哲也さんという方だった。

中国電力が雇ったガードマンに簡単な質問を受けて、林道のような道をしばらく進むと奥に車を停めるスペースが少しだけあった。そこから歩いて、建設作業員用の駐車場のような場所の脇を抜けてログハウスに到着。駐車した場所からは五〜六〇〇メートルくらいの距離だった。

驚いたことに、反対派のログハウスは太陽光発電で電気を賄《まかな》っている様子だった。ログハウスからの眺望も美しかった。田ノ浦の浜辺は青く、右奥にはハート形で有名な祝島《いわいしま》が見えた。

「お米を降ろしてほしい」と、浜から戻って来た方に頼まれたので、お米を担《かつ》いで浜まで歩いて向かった。野道を下る途中で、野犬なのか飼い犬なのかわからない犬とすれ違い、肝を冷した。

前日の雨でぬかるんだ森の中の細い道を抜けると、上関原発の工事現場が見えてきた。ビーチの手前には大きな重機が駐められていた。

浜辺には現場で寝泊まりをする反対派の方のテントとカヌー、そして工事用の柵があった。お昼どきということで、数人の方がたき火を囲んで昼食をとり、談笑していた。それを工事現場の人たちが遠目に眺めていた。

しばらく浜辺を観察していると、突然、十人前後のガードマンがテントの周りを一周だけグルッと回って帰っていった。何の意味があったのかは良くわからなかったけれど、浜辺の皆は普通に談笑を続けていた。

田ノ浦の海は本当に綺麗だった。水もかなり澄んでいた。珊瑚《さんご》はないけれど、沖縄の海に近いような美しさだった。ほんのりエメラルド色なところが独特で、きっと太平洋のような外洋に面していないことが育む美しさなのだろうと思った。

地元・祝島の漁師の方がいたので、しばらく話を伺った。ここは森に降った雨が湧き出しているところなので、本当に海が綺麗なのだと、こんな財産みたいな場所を埋めるなんて考えられないと、漁師の方は語ってくれた。お金には換えられないのだとも。

こういう美しい海がなくなってしまうとしたら、とても残念だと思う。我々が活動の拠点とする横浜は、多くの埋立て地の経済的な恩恵に与《あずか》っているので、どの面《つら》をさげて「残念」と言うのだという声もあるだろうし、何より住民の実生活の問題とは乖離《かいり》した場所からの、意見にもならないような漠然とした「想い」なので、そのあたりが心苦しい。でも、もうこれ以上の環境破壊は、なるべくしないほうが良いのではないかという気持ちを率直に抱いて、田ノ浦を後にした。

＊

難しいですね。

いろいろなサイトを観たり、実際に人（原子力関連の仕事をしている方や、原発の街に暮らす友人など）に会って話を聞いたり、資料をいただいて目を通したり、そういうことを私なりにしてみましたが、「難しい」という言葉に辿り着いてしまいます。でも、この「難しい」という言葉は逃げ口上にもなるので、ここに留まっているわけにはいかないのだと感じます。

皆さんはどう思いますか。どんな未来を考えていますか。

そんな会話がいろいろな場所で行なわれてほしいなと思います。たとえば、私以外のアジカンメンバーは、こういった問題に関して、あまり興味がないように感じます。あるいは、興味があっても積極的に話をすることはありません。

こういう身近な場所から、私も始めてみようと思います。

ちなみに、私の地元の町の近くにも、浜岡原子力発電所があります。物心がついた頃には既にありました。小学生の頃、一度だけ見学に行った記憶があります。実家に戻ることがあったら、また立ち寄ってみたいなと最近は考えています。また違う視点で、町の風景が見えるかもしれませんし。

また何か思うことがあったら、書きますね。読んでくれた皆様、どうもありがとうございました。

言葉になりませんが……

2011.3.13

被災した皆様に、一体どういう言葉をかけたら良いのか、普段から言葉を扱う身として想いを巡らせましたが、私には適当な言葉が見つかりません。今はただ、多くの方の無事を祈るばかりです。そして、今後の復興に向けて何かできることがあるはずだと、考えています。

巨大地震の発生時、我々は都内のリハーサルスタジオでリハーサルをしていました。地下のスタジオでも船酔いに似た気分になるほど、はっきりとした強い揺れで、メンバーとスタッフ一同慌てて屋外へと避難しました。

その後、高速道路の復旧を待って帰路につきましたが、自宅までかなりの時間がかかり、自宅に帰ってからも停電によって真夜中まで避難所で過ごすことになりました。幸いにも軽食と毛布の支給があり、寒さに凍えずに過ごすことができましたが、関東よりはるかに気温の低い東北地方のことを思って、胸が痛くなりました。同時に、避難所生活の想像以上のヘヴィさを思い知りました。これが何日も続くわけですから。毛布と温かい食事の有り難みも然り（私は体調を崩して、翌日のリハーサルを欠席しました）。

ASIAN KUNG-FU GENERATIONの今後の公演につきましては、明日、スタッフと共にミーティングが開かれます。詳細については、現時点で私の日記で明言することを避けたいと思います。なるべく早くお知らせしますので、しばらくお待ちください。

それから、公演とは別に、義援金などについての方策をスタッフと共に考えています。義援金などのチャリティ活動については、スピーディなものだけが有益とは考えていないので、我々は我々のやり方で何か現地のひとたちの力になれるようなやり方を考えています。こちらも決まり次第報告しますので、多くの方に協力していただけると嬉しいです。よろしくお願いします。

少し歯切れの悪い文章にイライラする方もいるでしょうが、どうかもうしばらくお待ちください。

追記。

こうして、比較的安全な場所で生活している私たちは、周りの不安を煽《あお》るのではなく、せめてポジティブな言葉、想いを紡ぎましょう。こんな時こそ、誰かを思いやることで、良いバイブス（振動）をループさせたいものです。そういう想いが共振することで、様々な良い力が増幅されていくと思います。

私もそれを心掛けて、活動したいと思います。皆様も、協力お願いします。

音楽と電力

2011.9.28

東日本大震災の復興支援を目的としたライブ、HINATABOCCOが無事に終了しました。

思い起こせば震災当初、我々ミュージシャンは計画停電の最中、音楽を演奏することすら不謹慎と言われるような状況に身を置いていました。たしかに、我々が使う機材のほとんどは電力を消費します。電気なくしては成り立たない活動が多いことは間違いありません。私自身も、当時は関東近郊でコンサートなどを行うことをためらう気持ちがありました。とても大きな戸惑いでした。

それでも、「砂の上」という曲を作りました。アコースティックギターと電池で動くカシオのキーボード、足踏みと手拍子を自分で録音しました。「不謹慎だ」と言われることは承知の上でした。歌詞も、誰かを励ますためのものではなくて、自分自身の戸惑いをそのまま書き記したものでした。「砂の上」というタイトルがそれを表しています。ただ、作家の意地として、あの時に持っていただけの、少しの希望も綴《つづ》りました。〝今、この困難の中でこそ歌わなくてどうするのだ〟、そう強く感じていました。

ところが、相変わらず、どこかの会場で音楽を鳴らすことにはためらいがありました。余震が起こるなか、電気への不安が膨れ上がるなか、人々を集めることや電気を使って演奏することは、当時の我々にはハードルが高かった。それでも日向秀和君のツイートに反応するかたちで、多くの仲間たちが集まりました。震災後、はじめて首都圏に雨が降った日に、我々は都内の会議室に集まり、アコースティックライブの開催を決めました。

あれから半年、我々は震災以前とほぼ変わらずにツアーやレコーディングが行なえるようになりました。ただ、東北の沿岸部の状況はどうでしょうか。我々が音楽を鳴らすことができるようになったのと同程度に復興が進んでいるとは思えません。瓦礫《がれき》は徐々に撤去されていますが、避難生活を余儀なくされている方がまだたくさんいます。

我々を「不謹慎」という言葉の中にたたき落とした計画停電も、その必要性に疑問があったことも明らかになり、ミュージシャンが電気を使うことに対する風当たりも、ほぼ無風に近い状態になりました。それでも、音楽家たちは相変わらず自分たちの活動に欠かせない電気について考えています。発言を始めています。それは何より、自分たちが電気を必要としているからです。その電気がどこからやってくるのか、やってきていたのか、それが気にならないミュージシャンはいないと思います。

事故を起こした原発は、いまだにアンタッチャブルと言っていいような状況のままだろうと想像します。何か新しい、未来のエネルギーに対する希望が見えているわけでもありません。足を引っ張りあっているようにも感じます。同じ国の人たちが、見えない〝放射能〟という言葉によって引き裂かれ、傷つけ合っています。こんなに酷い目に遭いながら、自分たちの手でこの発電方法を見直すという決断すらできないでいます。

歌う理由が山ほどあります。我々は表現者です。一切の表現には自由が認められています。

そんな当たり前のことを忘れずに、皆、それぞれの場所で鳴らすのだと思います。そしてまた、HINATABOCCOという温かいフィーリングのもとに集って、誰かの憂鬱《ゆううつ》を優しく包み込むようなイベントを行なえたら良いなと私は思います。東北のどこかの町にも、行きたいと思っています。これからもこのイベントはいろいろな形で続いていきますので、応援よろしくお願いします。

参加してくれた皆さん、視聴してくれた皆さん、そして多くの募金、どうもありがとうございました。

想像力の欠如について

2012.9.2

地元である静岡県の島田市にて、「島田絆まつり」というお祭りに参加してきました。弾語《ひきがた》りライブです。

島田市は、町の真ん中を大井川という川が流れています。この町の歴史は、かつて暴れ川と呼ばれた大井川の治水の歴史でもあります。江戸時代には幕府によって橋の建設が許されていなかったために、旅の人々は自力で渡ったり、人足に肩車してもらったり、蓮台《れんだい》という御神輿《おみこし》のような台に乗って川を渡っていました。もちろん、有料です。人力ですから、川が増水すると渡れなくなります。そういうときには、島田はさながら江戸のような活気であったと言われています。東海道五十三次の宿場町ですね。

お茶の産地としても有名です。去年は福島第一原発の事故で飛散した放射性物質の影響を受けました。ブランドイメージの回復に、お茶農家の皆さんは大変な想いをしていることだと思います（そのあたりの詳しい記事は、『THE FUTURE TIMES』の3号に掲載していますので、読んでみてください。お茶の面白い生態も知ることができる記事になっています)。

震災を機に、僕は生まれ故郷のことを考えるようになりました。今までは、どちらかというと暗黒の青春時代の影響で足が遠のいていたのですが、不思議なものです。たとえば、実家から二〇キロメートルくらいの場所にある浜岡原発のことも気になります。何しろ、この地域ではずっと注意が呼びかけ続けられている東海地震の、震央と予想される地域の海辺に建っていますので。

故郷に戻れないという状況を想像するのは、これまでの日本では難しいことだったように思います。ところが、原発事故を機に、科学的なデータについては議論の余地はあるにしても、長期にわたって居住が制限される地域が生まれる可能性を、残念ながら身近なものとして捉えられるようになりました。また、瓦礫の受け入れを表明した町として、ネット上ではかなりひどい言葉(度を超えていたように思います)が島田市に向けて放たれていました。これには心が痛みました。そういうことも、生まれ故郷を考えるようになった一因かもしれません。

どんな場所にも、たとえば島田市民だとか、福島をフクシマと表してみたりだとか、そういう言葉ではひとくくりにできない人々の生活があって、それぞれが独自の角度で郷土への愛憎を抱いて暮らしています。

たった一言で、顔の見えない他人が住む遠い町を一般化してしまうことは容易《たやす》いけれど、僕と君が違うように、顔も身体も違う人たちの数だけ、そこに〝その町〟があるんです。そういった想像力の欠如が、ネット上に辛辣《しんらつ》な言葉をのさばらせるのだと思います。逆に僕は、そういう想像力のない人たちについて、逆襲するかのように、あえて一言でまとめます。貧しい、と。

震災直後、どうして良いかわからずオロオロしていた僕に、数十キロの米を託してくれた島田市の農家の方々に感謝します。そういう形ある想いが、僕の一歩目を強く後押ししてくれました。いわき市まで車で物資を運んでいた近所の消防団員にも刺激を受けました。市民性みたいなものは幻想だと思いますが、少なくとも僕の家族や友人たちのまわりには、未だ温かい繋《つな》がりがあることをとても嬉しく思います。田舎なので、柵《しがらみ》もあるでしょうけれど。でも、僕は静岡で柵らしきものを感じたことがありありません。「なんとかなるらー」というような、楽天的な雰囲気が過ぎて心配なくらいです。

自分が暮らす町くらい自分で決めたい

2012.10.17

福島県双葉郡川内村。村役場で遠藤雄幸村長のインタビューを行なった。俺が仲間たちと自費で制作している新聞、『THE FUTURE TIMES』の特集記事のためだ。遠藤村長は物腰が柔らかく、終始にこやかに対応してくださった。それとは裏腹に、さまざまな困難と憤りのなか大きな決意を持って行動してきた、芯《しん》の強さを感じる方だった。

川内村は一部地域が福島第一原子力発電所の二〇キロメートル圏内に含まれている。おおむね、村は三〇キロメートル圏内にある。年間被曝線量が二〇ミリシーベルトを超える恐れがあるとして居住が制限された区域を抱えているけれど、村の大部分は放射線量が低い（毎時約〇・一マイクロシーベルト程度）。

一般に、そういう事実がどう受け止められているのかは知らないけれど、俺が想像するに、同心円的な距離感で「危険か／危険でないか」を判断する人が多いと思う。もしくは、「東北」や「福島」という言葉にイメージだけを被せたりして、地名だけで判断する人が多いと思う。

けれども、放射性物質にとっては何キロメートル圏内／圏外かも、都道府県の境目も、町や村の境界線も、あるいは国境も、道路も、関係ない。そこにはただ数値があるだけで、川内村も場所によって様々かもしれないが（たとえば深い山間部など）、相対的に放射線量がとても低いという事実がある。除染も進んでいる。

どういう状況で健康的な被害が出るのかということは、俺にはわからない。「わからないから、ちょっと怖い」としか言いようがない。小心者なので、へっちゃらだとは言えない。低線量被曝の「安全」性については、専門家の情報に任せるしかない。一般市民は専門家の情報を引用して語ることしかできない。専門家のように振る舞っている人もいるけれど、それは伝聞でしかない。その人が誰かに向かって威張り散らして語るならば、それは「虎の威を借る狐」としか言いようがない。お前が断言するな、と言いたい。残念ながら、ネット上にはそういう人が多いように感じる。ノイジー（やかましい）だから、そう感じるだけかもしれないけれど。

取材させてもらった二本松市の農家の方の言葉を借りれば、これは「『安心』の問題」で、人によって差がある。個人の問題でしかない。

どこに住むかという問いも、もともと個人的なものだと思う。年老いたら南の島で暮らしたいなぁとか、北海道の富良野で黒板五郎のような生活をしてみたいとか、そういうことを思うのも実践するのも、本来は自由だ。どこで暮らすかを決める権利は誰もが持っているべきだと思う。

けれども、原発の事故によって、「住む」という選択についての軋轢《あつれき》が生まれた雰囲気がある。お互いに言葉の礫《つぶて》を投げ合っているようにも感じる。自分を「外側」という立場に置いて投げつけている言葉や言説には誹謗《ひぼう》中傷や風評を煽るものがあるし、「内側」という立場から投げつける言葉からは柵のようなフィーリングを感じる。慎重に言葉を選んでいるつもりではあるけれど、俺もその軋轢の一部かもしれない。そういう自戒もある。ただ、このまま分断していくことが何のためになるのかと思う。もどかしい気分にしかならないし、悲しみや憤りを増幅させるだけだと思う。

俺は、自分が暮らす町くらい自分で決めたい。選びたい。だから、そういう当たり前の権利が侵害されていること自体が、問題なのだと思う。住みたいのに住めない場所があることが異常なのだ。もともと暮らしていた場所に突然「不安」の種が舞い込んできたことが異常なのだ。できるならば、それを取り除いてあげたいと俺は思う。スーパーマンでも超能力者でもないので、願うことしかできないけれど。

人々がその問題に対して、お互いに罵《のの》り合うのは嫌だなと思う。人々がどこに住むかを選択するということには、それぞれの理由があるのだから、たとえば他人の家のベランダに勝手に住みつくような不法な行為は除いて、個人の選択は尊重されるべきだと思う。口で言うほど簡単ではないということは、遠藤村長のインタビューからも感じた。たとえば隣接する双葉郡の沿岸部の被害によって、買い物や病院、学校などを含めた生活様式を変えなければならないというような、さまざまな難しさもあるのだと思う。それでも、村へ人々が戻って、以前のような暮らしがまた始まるといいなと思った。以前のようにとはいかなくても、新しい活気が生まれるといいなと思った。村長もこの状況をポジティブな活力に変えたいとおっしゃっていた。村では、その日に向かって職員たちが準備を進めているのだという。村民がそれぞれのペースで、いつ帰ってきても良いように、村長たちは元気に、朗《ほが》らかに暮らすのだという。

俺は、とても誠実な村のあり方だと思った。

そして、川内村はいいところだと思った。今度来るときには温泉にも入りたいと思った。というか口から出かけていたのだけど、取材に来たということもあって、なんとなく言いそびれた。それが心残りだ。「温泉に浸《つ》かりたいんだけど」なんて俺が突然言い出したら、編集長として無能、阿呆、穀潰《ごくつぶ》し、やっぱりロックのひとは粗野、わがまま、などと思われないか心配だったというのもある。

帰りの新幹線の車中、どうしてこんな不条理を抱えているのかについて考えた。原因だけではなくて、それを育んできた土壌についても。都会生活者の俺のような人間こそ、深く考えるべきだと思った。考えて何になるという問いを投げかけられるならば、今のところ返す言葉がない。だけれども、考えもせずに黙り込んで、自分だけ良ければいいと暮らしていくわけにはいかない。少なくとも、俺は。

次は言い逃れができない

2012.12.6

自分の故郷、静岡県島田市でのライブが終わった。前半から気合いが入り過ぎてしまって、後半でバテた。ちょっとでも良く見せようという邪《よこしま》な欲求のせいだ。いつものように集中して、あるべきところへあるべきエネルギーを注ぐことに没頭すればよかった。家族や友人の目線を意識した己のスケベ根性を抹殺すべく、ひとり反省会を開催し賛成多数で今度はそういうことを考えるのはやめよう案が脳内で可決された。来てくれた皆さん、ありがとう。あたたかい声援のお陰で、良い夜になった。

ライブをしながら、いや、する前から、こうやって普通に地元に帰ることができるありがたみを思った。

島田市は浜岡原発から二十数キロメートルくらいの位置にある。福島第一原発の事故以前には、「世界でもっとも危険な原発」と言われていたのが、浜岡原発だ。現在は政府の要請で止まっている。けれども、復水器に海水が流れ込んだ五号機や、タービンに多数の傷が見つかった四号機と多くの問題を抱えているので、震災にかかわらず、どのみち止まっていたのかもしれない。

津波は島田市までは来ないと思う。だけれど、志太《しだ》地区と言われているこのあたりの沿岸部には、東海地震が起きた場合には津波の被害があるかもしれない。だから、東日本大震災はまったく他人《ひと》ごとだとは思えない（実際に他人ごとではないけれど）。俺らが勝手に擬人化して「気まぐれ」だなんて言葉をあてがう自然の、その変動のタイミングが違っていれば、丸ごと同じことが静岡で起きていたのかもしれない。

「想定外」は経験に変わった。だから、次は言い逃れできない。こういうことが起こるのだという事実は東北地方から関東にかけて積み上げられて、俺たちはそれを知ったし、たとえば、静岡のお茶だって放射能の被害を受けた。決して忘れてはいけないと思う。もしも東海地震で浜岡原発が深刻な事故を起こして、島田市が立ち入り禁止になってしまっても、それは震災を経ても住民が原発の存続を選択したことが原因となる。これほどさまざまな人が実害や風評被害で苦しんでいるのを知りながら、それを横目に、自分の町ではそういうことが起きないと考えていたことが証明されてしまう。言い訳ができない。だから俺は、無関心ではいられない。

実家に帰って、美味しいカツオの刺身が食いたい。ぬるめのお湯で新茶を飲みたい。桜えびのかき揚げを齧《かじ》りたい。吉田の鰻《うなぎ》をスーパーで買って食べたい。牧ノ原に登って大井川を眺めたい。岸の山から六〇ドルくらいのしょぼい夜景を見たい。静波の海岸で「やっぱ海水浴向いてないわー」って思いたい。友だちや家族と「おんな泣かせ」という清酒で一杯やりたい。親戚の田んぼで田植えをしたい。そういうものを全部、取り上げられたくない。いつか死ぬけど、死ぬまで失いたくない。死んだ後も、残っていてほしい。

泣けてくるほど、そう思う。強く。強く。強く。

3

爺さん婆さんと暮らす

オジイとオバアと自己責任

新幹線の中でオバアが不機嫌そうな顔で何かを叫んでいた。

俺は車外にいたので、何を言っているのかわからなかったが、連れ合いのオジイの袖の辺りをグイグイと引っ張っていた。おおかた早く降りろとオジイを急《せ》かしているのだろうと思って、乗車する客の列に加わって、先客たちが降車し終わるのを待った。だが、オジイとオバアはいつまでも降りてこないのであった。仕方がないので、我々はオジイとオバアを待たずに客車に乗り込んだ。

車内ではオバアが大きな声をあげていた。

「アンタ！　またドアに挟まれるよ！　この間だって%&%&$、#！！！」と後半は何を言っているのかわからなかったが、とにかく毎度オジイは動きが遅くてこういった移動のたびに大変なことになってしまうらしく、オバアはそれについての文句を言いながら、オジイの手を引っ張っている。オジイはというと、少し様子が変で、動きが遅いというよりは降車を拒んでいるような動きで、一歩進んでは通路に面した椅子の突起にしがみつき、引っ張られてその手が突起から離れ、一歩進み、また椅子にへばりつき、というのを繰り返していて、埒《らち》が明かない。

これは様子がおかしい。俺はオジイの近くに行って、「ジイさん、大丈夫だよ。降りよう」と声を掛けながら、手すりなどをギューと握りしめている強ばった手を解《ほど》き、オジイを子供だと思って車外まで誘導した。それでもオジイはドアの縁にもへばりついたので、オバアが発する悲鳴のようなテンションの音声とは真逆のタッチで、とにかく大丈夫だよオジイと、サポートするように押し出してやり、無事にホームへ送り出したところで新幹線の扉は閉まった。オジイはまた外でオバアに何やら怒鳴られていたが、その声は聴こえなくなって、オバアの不機嫌そうな表情だけが車窓に残って、やがて遠くなって見えなくなった。

きっと、オジイは認知症か何かではないかと俺は想像した。本当のところはわからない。だが、何か不可抗力によって、ああなってしまったように感じた。オバアはむちゃくちゃ怒っていたが、疲れている様子でもあった。俺が触ったオジイの手の強ばりは、あまり出会ったことのない類のものだった。それはオバアの態度への真っ当なリアクションとして発露しているわけではない、と感じたのだ。

たとえばオジイが、このように日常生活に支障を来すほど、オジイの中の何かがこんがらがってしまったとする。それはオジイのせいではなくて、動物的な、身体的な、老いからくるものだ。オジイには非はない。で、俺はオバアだ。オバアは、その日々の、外的には不可解にこんがらがったオジイの面倒くささと毎日対峙しなければならないだろう。最初は優しくできるかもしれないけれど、ひとりで抱えて行く自信が俺にはない。まったくない。あのオバアの悲鳴にも似たオジイへの言葉は、オジイに向けたものではなくて、もっと広く社会に発せられたSOSなのかもしらんと、俺は思うのだ。

自己責任、みたいなことを言うヤツが増えて久しい。

でも、個人で抱えるには重過ぎる問題もあるのだ。絶対にあるのだ。そして、そういう問題の解決方法を皆で共有し、時には負担し合うことが必要だと俺は思う。困ったときに支え合うために、国家というものはあるのだ。最低限のセーフティネットは必要なのだ。君たちは、オジイを伴侶に選んだオバアが悪いと言うのか。遺伝子でも調べて、ボケないようなヤツを選べと罵るのか。そういうわけにはいかない。そしてあれか、金のないヤツは我慢せよ、と言うのか。俺にはそういう言説は理解できない。

まったく突飛な想像でもって、突飛な感情を俺はこの日記で爆発させているわけだけれども、案外、的《まと》は外れていないようにも思う。が、やっぱり誰に怒っているのかわからなくなってきてしまった。

オバアは今日も悲鳴に似た声をオジイに吐き掛けながら生活しているのだろうか。たとえばスーパーまでの道すがら、電柱にしがみつくオジイを引っぱり、大声をあげているのだろうか。むちゃクソに疲弊しきっているのかもしれないし、あるいは単なるクソババアで、オジイも普通にこんなクソババアと結婚するんじゃなかった、死ぬまで困らせてやるぜとヨボヨボの体で全力の拒否を体現しているだけなのかもしれない。

だが、困っている人よ、減れ！　と俺は思う。何歩か譲って消費税みたいな制度で俺たちの負担が増えるならば、そういうところに真っ先に分け与えよ、日本政府！　と俺は思うのだ。俺の税金を、しょうもないことに使わないでほしい（将来の戦争とか。ないことを祈る）。確定申告、大変なんだぞ！　まあ、それは俺の都合なんだけど。

2014.2.22

いい歳こいた爺さんが

スーパーにて、白髪混じりの髪を横分けにセットした爺さんが「店長を出せ！」とキレていた。

なんでも、レジを担当していたアルバイト店員の態度が気に食わないということらしかった。爺さんの買い物カゴにはデカくて安いけど甘そうな日本酒のパックと、酒のアテになるようなものが入っていた。きっと、これから帰って晩酌でもする予定だったのだろう。けれども、今夜の酒が不味《まず》くならないか心配になるほど爺さんは激昂《げきこう》していて、もはや誰の手にも負えず、最終的にパートのおばちゃんや社員のオッサンなどにも囲まれて、そうなると爺さんはさらにひっこみがつかなくなって火に油、店内は大変なことになっていた。

アルバイト店員はというと、特段態度が悪い感じでもなく、たしかに涼しげな顔立ちではあったけれども、不貞腐《ふてくさ》れて接客することはまずなさそうな風貌だった。アルバイトなど今までしたことがないという感じはたしかにあったが、爺さんに詫びを入れる態度に落ち度はないように感じられた。ほとんど言いがかりなのではないか、という気分を申し合わせることなく店内の九割の人間が共有していたはずで、しかも、仲裁に入ったが最後、爺さんがこちらにまで絡んでくることは必定で、よしなさいと言いたいけれど誰も言えない、そんな空気だった。怒られていたアルバイト店員は、これがはじめてのバイト経験であった場合、今後一切の勤労意欲を失ってニートになってしまうかもしれない。そういう状況だった。

爺さんはどうしてあのように怒ってしまったのだろうか。寂しかったのだろうか。

時間があれば、まあまあまあと割り込んで、いきり立つ爺さんに酒の一杯でも奢《おご》ることを約束して店の外へと連れ出し、そこらの蕎麦屋で清酒でも一本つけてもらって、なんでそんなに怒っているのかを聞いてみたかった。ただ、俺にそのような滑らかなコミュニケーションを為す技術があるわけがないので、仮に試みたとしても、割って入る段階で最悪の展開になったかもしれない。スーパーの店員に爺さんの一味もしくは親族だと思われて、なぜか俺がスーパーの支配人か誰かに「いい加減にしろ」とどやされ、爺さんにも余計なことしやがってと怒鳴られ、そのくせ一杯奢ると言ったじゃないかと蕎麦屋に連れて行かれて板わさやら鴨焼きやら出汁巻玉子で清酒を四合くらい飲んでから天ぷら蕎麦を爺さんにご馳走するハメになり、泣きながら帰宅するということになったかもしれない。

それを思えば、スーパーでの騒動に首を突っ込まなくて良かったのだけれど、なんとなく、ヒアルロン酸の足りない膝の関節みたいな、石鹸で洗った直後の顔みたいな、そういう潤いのないカッサカサのメンタリティが表出している場面に遭遇してそれを見過ごすと、とても切ない。なんとかしてやれなかったものかと、いくらかの後悔を抱えてしまう。ミュージシャンなのだから、歌のひとつでも歌ったら良かったのかもしれない。だけれどもあのような緊迫した場所で歌を歌うのは無理だ。率直に、場面に合う持ち歌がないし、あったとしても緊張で膝がガックンガックンになってしまって、立っているのも難しかったと思う。

しかし、いい歳こいた爺さんが、あんなにも怒るのは不思議でならない。

理由が絶対にあるのだろうと気になってしまった。徹底的に他人と関わり合わないような生活をしている寂しさのあまり、怒りのような感情に頼って誰かと会話したかっただけだろうか。それとも、単にクソのように性格の悪い爺さんだったのだろうか。何か大事なものを喪失してどうにでもなれと、そういう気分だったのかもしれない。本当のところはわからないけれど。

まあでも、少子高齢化社会に突入しているので、世の中にはいろいろな爺さん婆さんが増えてくるかもしれない。オジイとオバア。爺さん婆さんの多様性を、もっと受け入れなければならない時代はもうすぐのところまで来ているだろう。カツアゲしてくる爺さん、ハーレーダビッドソンに乗る婆さん、爺さんの愚連隊、婆さんだらけの窃盗団、漬け物を撒き散らす謎の爺さん、顔にタトゥーの入った婆さん、まあ、とにかく人口に占める老人の割合が増えるわけで、これまでの高齢者にはありえなかったキャラクターも高齢化してくる可能性が高い。

そんなことを考えながら、店員がどんどん増えていく現場を後にした。

2012.11.6

饂飩屋の爺

俺は饂飩《うどん》が好きで、よく饂飩屋に行く。

饂飩はサクッと食べられるので、作業の中断時間を短縮できるというメリットがある。ゆったりランチをとっていると、なんというか、音楽的な作業に対する熱意が徐々にランチに対する何かしらの感情に変異して、ホットコーヒーと共に飲み下してしまうことになる。そうなると午後からの作業はもういいかなぁと気分が引っ込んでしまって、スタジオでレコードを聴いたり読書をしたり、昼寝をしたり、趣味人の午後みたいになってしまう。饂飩屋の場合は混雑していても、スッと注文の品が出てくるので、そういうことにはならないのだ。

ところが、どうしたわけか、昼の混雑時に思い立ったようにセルフサービスの饂飩屋に来て、桶《おけ》か何かに熱湯ごと盛られた熱々の釜揚げ饂飩を頼む人がいる。もしくは、出している店側もちょっと煩《わずら》わしいと思っているのではなかろうかというような、手のかかる季節限定メニューを注文する人がいる。

そうすると列の流れが著しく悪くなるので、俺は心の中でみんなもうぶっかけかかけでいいらー、と思うのだけれども、何を食べるかは個人の自由なので、そう思ってしまう俺のほうに非がある。なので、このイライラをどうにかして消滅させる努力をする。みんなで楽しく饂飩たべようやー、みたいな気持ちに切り替える。

けれども、俺と同じことを考えているひとも列の中にはいるらしく、この日は後ろに並んでいたハーフパンツの爺が妙に隙間を詰めてきて、俺の耳元でチェッチェ！　チェッチェ！　と舌打ちを始めたのだった。

当たり前だけれども、誰かの舌打ちの音を聞くと気分が悪くなる。なんか嫌な爺さんだなと思いつつ、さっきまで同じ理由でイラッとしていた自分が恥ずかしくなった。爺さんのチェッ！　に打ち砕かれるべきは俺なんじゃなかろうかと思って、俺も桶一杯に盛られた熱々の釜揚げ饂飩を注文しようかと思ったけれど、すんでのところで思いとどまった。爺さんのチェッチェ！　チェッチェ！　は続いていた。

振り返ると爺さんはどうやら、入れ歯の嚙み合わせが悪いらしく、数秒に一度その入れ歯を口の中で転がすようにして、いい感じのハマり具合を模索している様子だった。爺さんが口をモゴモゴさせるたびに、チェッチェ！　という音が鳴っていた。こうして間近で見てみると、チェッチェ！　というよりは、ジュッチェ！　というような響きで、それはおそらく歯茎から発せられており、舌打ちではなかった。別に聖人のような顔ではなかったが、まったく悪意のかけらも感じられない、ハーフパンツの爺だった。

二重に申し訳ない気持ちで、俺はかけ饂飩を注文した。

ハーフパンツの爺はぶっかけ饂飩だった。

2015.9.29

かき混ぜつづける爺

電車に乗ると隣の席は八十歳くらいの爺様だった。

二駅くらいすぎたところで、爺様は突然手のひらが眉間の少し上くらいにくるまで右腕をあげ、何かをかき混ぜるようにクルクルと前後に手を回しはじめた。俺はナヌ！ っと、若干爺様から遠のくかたちで仰《の》け反《ぞ》りたかったのだけど、そうすると俺もどこか奇特な動きの人として、電車内で爺様と同じチームに入れられてしまうかもしれない。なので、なるべく驚いたように見えないような冷静さを装って、爺様を観察することにした。

五分くらい経っても爺様は車内の何かをかき混ぜつづけていた。視線を一点に据えて何かを塗っているようにも見える。職人のように見えなくもない。俺は一体その動きが何なのか、どういうつもりでそんな奇矯な動きを年の瀬の電車内でしているのか、爺様に訊ねたくて仕方なかった。けれども、ここはツイッターみたいな、有名人とか知らない誰かに暇つぶしにリプライしてみようかしらんというような場所ではなく、リアルな現実世界であって、まあツイッターだって誰かもわからないヤツが気軽に話しかけてくるのは変だと思うけれども、実際に「ちょwwおまww何してんのww」みたいな心持ち（脳内のつぶやきとも言う）でもって話しかけるのは失礼極まりない。リハビリとか、鍛錬とか、そういう類の行ないかもしれない。何より爺様は虚空のどこか一点に意識を集中し、かなり厳し目の表情をキープしたまま何かをかき回していて、排他的な雰囲気があって怖い。怖いけど、何か真理のようなものがこの爺様だけに見えているのかもしれない、というくらい毅然《きぜん》とかき回していて、威厳のような、有り難みのようなものが立ち上がっていくように俺は錯覚した。乗客は爺様の存在をなかったことにしている様子だった。たしかに、奇矯ではあった。

電車が進むうちに、俺はだんだんこの爺様が好きになってしまった。何をかはわからないが一緒にかき回してみたいな、そんな気持ちになりはじめていた。ところが、俺のそんな想いを見透かしてか、爺様は手をスッとおろし、何ごともなかったかのようにスクッと席を立って電車を降りていってしまった。俺は狐につままれたような気持ちになって、何かを心の中で言語化せずにはいられなくて、「年の瀬ですなぁ」と脳内で呟いて溜め息をついた。

2012.12.27

4

変わらなければならないのは、俺だ

阪神淡路大震災から十八年

2013.1.17

一月十七日は阪神淡路大震災が起こった日だ。

当時の俺は十八歳になったばかりの高校生で、その記憶すら怪しいのだけど、たぶん、それは自分のことで精一杯だったからだと思う。

高校での三年間、俺はとりあえず寝ていても叱られない授業はすべて寝ていた。だから受験勉強というか、勉学そのものに乗り遅れていたし、夏も秋も過ぎて冬くらいになって受験用の補習授業だったか選択クラスだったか、そういった特別授業はどうするの？　的なことを友人から聞かれて、うわー！　と半ばパニックのようになって、初めて進路のことを考えたように記憶している。ひとまず、「なんか古着屋でもやりたいから、そっち系の専門学校行こうかしらん」みたいなことを親に言って叱られ、じゃあ、次に興味あるのは農業なので、そっち系の大学を探します、あら、なぜか得意な生物が受験科目じゃないか、しかも、理系なのに三年間無視し続けた数学ではなくて国語でも受験可、日本語だっ

たら なんとかなるかもしれない、じゃあ、農学部志望(文系クラス所属なのに)。といった経緯で、三年間煮詰めたダメと無計画の集大成に取りかかっており、一応、焦燥感と将来への不安だけは一人前に高まって、大変なことになっていた。

そんな時に起きたのが阪神淡路大震災だった。

俺はテレビと新聞の情報でしか震災には触れられなかったし、それを自分のことのように感じる想像力を持っていなかった。だから、震災が受験の最中に起きたことなのか、それが終わってから起きたことなのか、あまりよく覚えていない。おそらく、同級生のなかには関西の大学を受験した人や、進路として入学が決まっていた人もいただろう。恥ずかしながら、そういうことすら気にする余裕がなかったのだ。静岡の田舎の町からは神戸の街の規模は想像もつかなかったし、どこか絵空事《えそらごと》のように感じていたのかもしれない。そして、最初に書いたように、俺は自分のことで精一杯だったのだと思う。

同じ年の三月に起こった「地下鉄サリン事件」のことはなぜか鮮明に覚えている。俺はそのとき東京で浪人生活を始めたばかりだった。新聞を配っていたこともあって、紙面は連日関連ニュースで溢れていたし、下宿先に荷物を運搬してくれた静岡ナンバーの両親の車が検問にひっかかるという事件もあり、ニュース自体を自分から近いものごととして受け取っていたのだと思う。それでもショックは少なかった。SF映画か火曜サスペンスか、そういった非現実的な感覚が先行した。それよりも、東京の隅っこで始まった新しい生活と、まったく行き先の見えない人生の、高校三年間という鍋の底に張り付いたダメさとは別の真新しいダメさに向かってまっしぐらだった。今度は孤独みたいなものと格闘していた。濃い闇の中で真っ青だった。

ツイッターで、「お前にとって震災は今回のものだけか」と、絡んでくる人がいる。もっと言えば、「原発事故が起きていないから、お前は他の震災を語らんのか」と。

もちろん、そういうわけではない。語るべき言葉を持っていない俺が、なんとなしの追悼コメントをどこかに書くことのほうが、白々しいように思えるからだ。地震が起こった日だけをモニュメントのように取り扱って、「追悼」と呟いて、何かをした気になってはいけない人間なのだ、俺は。もう少し時間をかけて、その頃のことを思い出したり、自分以外に無頓着だったことを恥ずかしく思ったり、関連する本を読んだり、そうやってゆっくり考えて、感じて、ちゃんと言葉にしたい。

言葉というか、行動に移したい。阪神淡路大震災のときに（あるいは、そのほかの地震や災害でも）できなかったことをやりたいというか……。恥ずかしさや後ろめたさ、戒め、そういうことを越えて、もっと体温に近い気持ちで、何かが起こったときに自然と手を差し出せるような人間でいたい。行動そのものが追悼になるように、十八年前の自分の矮小《わいしょう》さから学んで、成長していきたい。
そんなことを強く思う。

まだ戸惑ったままなのだと思う

2013.3.11

三月十一日。震災から二年が経った。

当時、都内のリハーサルスタジオで感じた揺れは、はっきりと生まれて初めて感じる種類の震動だった。建物の外に避難しながら、小さい頃から心配されていた東海地震のことを思った。とにかくどこかで、とてつもない地震が起きたのだということはわかった。路上では電線がヒュンヒュンと音をたてて揺れていた。

スタジオのロビーに戻ってテレビを点けたところまではっきりと覚えていて、お台場のフジテレビの近くから黒煙が上がっている映像が目に焼き付いている。

いつから日本の地図が津波警報や注意報を示す赤や黄色のラインで囲まれたのかは覚えていなくて、どこの町かは知らないけれど、漁船が押し寄せる波をかき分けながら川を遡上するように進んで行く映像と、港や水産加工会社などのカゴが流されていく映像が、頭のなかに今でも残っている。その映像を観たときには「うわぁ」という言葉が漏れたけれど、実際の揺れからはしばらく時間が経っていたので、沿岸部の人たちはどこかに避難しているだろうと思っていた。そして、夕方前にマネージャーの車に乗り合わせて、自宅を目指した。

高速は通行止めだった。仕方がないので下道で自宅に向かうことにした。横浜に入ったあたりで日が暮れて、三浦半島の先まで真っ暗であることがわかってとても驚いた。コンビニくらいしか電気が点いていないブロックもあって、人がぞろぞろと歩いていた。道路も大渋滞で、俺はコンビニに車を寄せてもらってパンと水を買った。コンビニはまだそれほど混んではいなかった。

自宅のまわりは真っ暗だった。信号さえも点いておらず、家にいても落ち着かないので近所の体育館に避難した。体育館は通路や別室まで人で溢れていた。炊出《たきだ》しの冷たい具無しチャーハンのパックをもらって食べ、毛布を借りて、白いマットを旅行でやってきたが電車が止まって帰れなくなったという老人男性とシェアして横になった。老人はそのあと、車で迎えにきた友人の家に行くといって帰っていった。俺は横にはなったが、マットは固いし、寒いし、なにより不安で、まったく寝られなかった。三時まで起きていると町に電気が戻り、どうやら自宅付近の停電も解消されたようだったので、自宅に戻って休んだ。

次の日の朝になって、本当の被害が露《あらわ》になり始めた。

ＴＶでは、建物の上やグラウンドでＳＯＳサインを出しているひとたちの映像が放送されていた。俺はソファーに横になったまま、動けなくなってしまった。急激なストレスからか、ズーンと後頭部を締め付けるような頭痛に襲われて、その日のリハーサルは休ませてもらった。ニュースをずっと観ていたはずなのだけど、細部が抜け落ちている。何か変なスイッチが入ったのか、そこから数日の間に起きたことの前後関係を上手に記憶していない。何が先で、何が後だったか、まったく思い出せない。とにかく大きな戸惑いの中にいたことだけは感覚として残っている。

二年後の今日は、昨年と同じく日比谷公園で行なわれた追悼イベントに出演した。

会場に着くとさまざまなスピーチが行なわれていて、震災そのものよりも原発問題にやや寄った雰囲気に違和感を感じた。今日くらい、震災のことだけを考えてもいいんじゃないかと思ったりもした。後のトークセッションや夕方に参加した講演会でも、なんとなく三月十一日に話す内容としてふさわしい内容なのかどうかという逡巡があった。もちろん、役割はまっとうしたのだけれど。

二時四十六分に黙禱。脳裏に大船渡や陸前高田、気仙沼、石巻、仙台の荒浜地区、南相馬の萱浜《かいばま》、行ったことのある場所の風景が浮かんだ。それは一瞬だし、それぞれが混じり合って鮮明なものではないけれど、何らかの塊として目蓋《まぶた》の裏側に浮かんだ。俺はグーッと胸が苦しくなって、「逃げろ、逃げろ」と繰り返し心の中で唱えた。あの日のあの時間を思って、それから起きたことを思って、「逃げろ、逃げろ」と何度も思った。それは届くはずのない言葉だけれど、もしかしたら、時間や空間を越えてあの日のどこかの誰かに届くかもしれない。笑われてしまうかもしれないけれどそうやって念じた。追悼のために鳴らされた鐘の音を聞きながら、大きな「震災」のなかにあった喪失の数々をまとめて祈るというよりは、モニュメントとしての二時四十六分に対峙すると反射的にそうなってしまう。去年もそうだった。静かに祈りたいのだけれど、「逃げろ」という言葉が強い後悔や悲しみとともに浮かんできてしまう。

まだ、自分は戸惑ったままなのだと思う。

また現地に行くことがあれば、それぞれの町の、それぞれの場所で手を合わせたいと思う。静かに祈りたい。

俺たちは自然を少し壊して生きていかねばならない

2013.8.21

目ん玉が飛び出るくらい美しい景色だった。自然の、透き通るようなブルーの中をのびていく人工建造物。それがどうして美しさとして感情に訴えかけてくるのかは知らないが、とにかく綺麗な風景だった。島の先端に灯台があったので登ってみると、百段以上の階段しかなくて汗だくになってしまった。そして、高所が苦手だということを急に思い出して、昨晩よく洗った金玉が縮み上がってしまったのだった。

帰りの道中、その橋から車で数百メートル走ったところの建物に、「原発建設反対」というペンキ文字を塗り消した跡があった。タクシーの運転手さんに訊ねてみると、このあたりでは何年も前に原発の建設計画が持ち上がり、住民の反対によって建設が阻止されたのだという。まったくの偶然、それは知らなんだと俺は驚いた。

こんなに美しい場所から数百メートルのところを埋め立てたりしなくて本当に良かったのではないかと感じた。沿岸ではアワビや雲丹《うに》の漁が行なわれていて、ビーチは海水浴客で賑わっていた。

この場所での原発建設計画が頓挫した後、中国電力が選んだ土地は上関町だった。選んだというよりは、住民からの誘致があって……という流れに仕立てたのだそうだ。余所者《よそ》の俺が言うのもなんだし、真偽は定かではないが、誘致が決まる前から住民の懐柔策が取られたという話もある。対岸の祝島を取材したことがあるけれど、建設計画が立ち上がった当初の賛成派と反対派の対立は凄《すさ》まじいものだったそうだ。詳しくは俺が仲間たちと自費で作っている新聞『THE FUTURE TIMES』のウェブサイトを参照してほしい。

どうやっても、俺たちは自然を少し壊して生きていかねばならないのだけれど、どの程度までが妥当なのかという問いは忘れてはならないと思う。

経済という言葉を最優先にして、どこまでも壊していいものなのか。そして、それは都市と地方という単純な対立で立ち上がるものではないとも感じる。経済的な豊かさだけを見れば、人や物が集まる都市にその魅力は集中する。でも、その海が都市にあることはない。ゆったりとした時間の流れもそうだろう。何をものさしとするのかで、豊かさは違ってくる。均《なら》された豊かさで何かを求めれば、海を埋め、固め、何でもいいから建造物が必要になってくる。

ただ、俺みたいな都市生活者が唱えるこういった言葉も、偏っているし、空疎であるとも思う。言った側から、何を言っているのだ俺は？　とも思う。俺は都会で生活し、たまにこういうところに来ては「自然って良いですね。残してください」と地元の皆さんの生活のことは考えずに言葉を発する痴《し》れ者だ。それを承知で、こういうところを壊さずに、なんとかうまくやっていく方法はないかと考える。そして、そういう破壊を担保しているのは、俺自身でもあると恥じ入る。改めないといけないのは、いつだって自分自身なのだ。

　宿に戻ってから、「東洋美人 純米大吟醸 壱番纏」というお酒を飲みながら、食事をいただいた。大変に飲みやすい清酒はスルスルと胃袋に心地よく流れ込んで、俺は飲酒のペースを保つことができずに酔い上げてしまい、あー、なんかいい感じの休暇だなぁと口笛を吹きながら大浴場で金玉をよく洗ってから寝た。

選べるってすごいことなんだ

2014.3.6

福島へ。

この日は詩人の和合《わごう》亮一さんの取材。ずっと会いたかったのだけれど、震災後の活発な活動をいろいろな媒体で拝見し、とても忙しいだろうと思って、会いに行くタイミングを見計らっていたのだ。ようやくお話をうかがうことができて、とても嬉しかった。

震災直後、和合さんがツイッター上に綴る詩にはとても励まされた。その詩は、とくに俺のような人間に向けられたエールという性質の作品ではなかった。でも、グワッグワの、キワッキワの現実の中で、振り絞るように紡がれる言葉と、その作者の姿（想像だけれども）に、俺は同じ表現者としてとても刺激を受けた。奮い立たせてくれた。俺は俺の場所から綴る言葉があるのだと、和合さんの姿勢を見て自分の姿勢を正し、逃げるなと己を鼓舞したのだった。

インタビュー中、雪がはらはらと降ってきた。うわぁ雪、と年中積雪なんてない静岡出身の俺は思ったわけだけれども、途中からガッツリ降ってきて心配になった。

話がはずんでインタビュー時間は大幅にオーバー。俺は「この電車に乗らないと遅刻」という便に乗るため、降りしきる雪の中を猛ダッシュで駅に向かった。なんとか間に合うかなと改札を抜けると、なんと、エスカレーターが工事中であった。福島駅はホームへ向かう階段の段数がやたらと多い。俺はもう何かわけのわからない苦行僧のような顔をしながら階段を駆け上って、ギリギリで新幹線の車内に滑り込んだのだった。そこから一時間くらいクラクラしたまま、座席でうなだれていた。腹が減っていたことも忘れてしまうほどだった。こういう些細な出来事も、電気の恩恵について考えさせられるものだった。

俺は、原発のいろいろな問題を知るにつけ、原子力発電所が必要ない社会を強く希求するようになった。

現在は一基も原発は動いていないわけだけれども、全国にはたくさんの原子力発電所があって（ほとんどが辺鄙《へんぴ》な場所だ）、その中には行き場のない使用済みの核燃料や、使用前の核燃料がある。これは、別に原子炉を動かしていなくても危険なものだ。プラグマティックなことを考えれば、実際にどれだけの月日が脱原発の達成に必要なのか、簡単には計れないのかもしれない。けれども、できるならば一基もなくなって、エコフレンドリーな代替エネルギー（バイオガスや太陽光や風力や潮力や波力や、その他どんなものででも）に置き換わるような技術革新を願っている。そして、そういった方法で作られた電気を買うことができるならば、支払い先を選択できるならば、自分の意思で選びたい。

一方で、使わないこと、節約することで、エコフレンドリーな発電所を作ることに匹敵するほどの節電ができはしないかとも思う。まだまだ、意識せずに無駄に使っている電気があるんじゃないかとも感じる。それは誰かへの批判ではなくて、自分への問いだ。ひとりのミュージシャンとして、市民として、やっぱり電気のありがたみは感じるから。

「電気がなくっちゃ、ロックンロールははじまらない」

俺が大好きなミュージシャンが夏のロックフェスで放った言葉だ。そして彼は、こう付け加えた。

「だけど、原発がなくたってできるぜ」

本当にその通りだと思う。電気は必要だ。ただ、より良い方法を望みたい。そこにお金を払うことが可能な料金体系にしてほしい。

選ばせろってことだよね。政治家も（これは選べるのに放棄している人が多い!!）、電気も、食べる物も、俺たちには選ぶ権利がある。選ぶ自由がある。自由があるってことは責任がある。でも、今は電気を自由に選べない。なのに、とても大きな責任を感じている。

原発事故の責任を実際に感じている首都圏の人間がどれくらいいるのかはわからないけれど、俺は、自分にもその一端があると考えている。だから、今後は選ばせてほしい。そしたら、多少高価でも、俺は責任を持って、再生可能エネルギーで発電された電気を買いたい。

選べるってことは、すごいことなんだ。それを放棄してはいけない。選挙だってそうだ。選べるって尊いことなんだ。

広島と大飯原発のこと

2014.5.23

この日は移動日。朝は早起きをして、平和記念公園へ。記す、のが広島で、祈る、のが沖縄だ。記念と祈念。残すことと、達成を祈ること。公園の名前が少しだけ違うことが気になっていたけど、どちらも大切だと思う。

広島平和記念資料館は毎度のことだけれど、修学旅行生で長蛇の列だった。外国人の観光客たちも開館を待っていた。こうして広島に足を運んでくれることを、ありがたく思う。人間に向かって原子爆弾が投下されたのは広島と長崎だけだ。それがいかに悲惨で、人道に反する行ないであったのか、俺は世界中の人に知ってほしいと思う。

以前に、ティーンエイジ・ファンクラブのノーマン・ブレイクと平和記念公園に来たことがある。彼と彼の家族は原爆ドームに向かって祈りを捧げてくれた。他にも、ナノムゲンサーキットという海外のバンドを招いた主催イベントを広島で開催するときには、帯同している海外バンドをこの地に案内する。多少、刺激の強い場所だと思うし、センシティブなミュージシャンは精神的に参ってしまうことがあるかもしれない。それでも、見てほしいと俺は思う。俺らの国の被害を見てくれというよりは、人間の愚かしさを、文学的には既知のことがらかもしれないけれど、目の当たりにしてほしいと思う。表現一般を担っている人ならば、なおさらだ。

資料館と原爆ドームの間にある国立広島原爆死没者追悼平和祈念館は、いつも、ほとんど人がいない。俺はホールの中に静かに響く水流の音を聴きながら、いろいろなことを考える。そして、その後、ライブラリで当時の資料をランダムに検索して読み、エピソードの数々を直視できないまま、肩口から見えない手を魂に突っ込まれて腰まわりから地面に向かって垂直に引っ張られたような重さを抱えて、トボトボと広島の街を歩いてホテルまで戻る。毎度だ。

この日はステレオレコーズに寄ってから、新幹線で福岡へ移動。新幹線の中では、福井地裁の大飯原発再稼働差し止めの判決文をプリントアウトして読んだ。何度読んでも素晴らしいので、ここに引用する。音読してほしい。

「他方、被告は本件原発の稼動が電力供給の安定性、コストの低減につながると主張するが（第3の5）、当裁判所は、極めて多数の人の生存そのものに関わる権利と電気代の高い低いの問題等とを並べて論じるような議論に加わったり、その議論の当否を判断することと自体、法的には許されないことであると考えている。（中略）このコストの問題に関連して国富の流出や喪失の議論があるが、たとえ本件原発の運転停止によって多額の貿易赤字が出るとしても、これを国富の流出や喪失というべきではなく、豊かな国土とそこに国民が根を下ろして生活していることが国富であり、これを取り戻すことができなくなることが国富の喪失であると当裁判所は考えている。

また、被告は、原子力発電所の稼動がCO2（二酸化炭素）排出削減に資するもので環境面で優れている旨主張するが（第3の6）、原子力発電所でひとたび深刻事故が起こった場合の環境汚染はすさまじいものであって、福島原発事故は我が国始まって以来最大の公害、環境汚染であることに照らすと、環境問題を原子力発電所の運転継続の根拠とすることは甚だしい筋違いである」

福岡に着いてからは、散歩に出かけた。気になる佇《たたず》まいの書店を偶然に発見したので入ってみた。諸外国を愚弄《ぐろう》したり、ありもしない美しさをでっちあげて自己陶酔するような本が置かれていない、とても好感の持てる書棚だった。谷川俊太郎さんの本を購入した。

ホテルに戻って、大相撲を観ながらのうたた寝を経て、ソロバンドのメンバーたちとラーメン屋へ。地元民である友人・山本幹宗《かんじ》のオススメ「冨ちゃんラーメン」へ向かった。たぶん、生まれてはじめて替え玉を注文したと思う。とても美味しかった。が、遠かった。タクシーで行ったのだけれど、往復で四千円。一人頭千円がラーメン代に加算された。まあでも、それを差し引いても、行って良かったと思える美味しさだった。

そんなこんなでツアーは続く。

5

この野郎！

酒屋のレジにて

家にあった四合瓶を全部空けてしまったので、美味しい清酒でも買おうかしらんと酒屋へ行くことにした。けれども、普段から行きつけの酒屋がない。教えて！　グーグル先生！　とばかりにインターネットの門を叩いてもウェブサイトを開設している酒屋など皆無に等しく、俺は晩酌を前にして途方に暮れたのであった。

こういう場合は、なるべく大きなチェーンの酒屋や百貨店などに行くしか方法がない。仕方がないので、うろ覚えだけれどもあの辺にでっかい酒屋があったなぁというノリで、当てずっぽうで国道を歩いて買い物に出掛けた。

辿り着いた酒屋はさすがに大店舗ということでよりどりみどり、吟醸、大吟醸、純米酒、純米吟醸、純米大吟醸、パックの安い酒、ありとあらゆる酒が取り揃えてあった。けれども、何でもあるのも困ったもので、なぜならば普段からうまいうまいといって飲んでへベレケにしてもらっていた清酒はもらいものなのであって、俺は日本酒を自分で選んで買うということをほとんどしたことがない。なによりも知識がない。これは困った。自分は辛口が好きだということはわかっているのだけど、日本酒度というような数値についてはよくわからない。

仕方がないので、ピンからキリまである価格設定のちょうど中間くらいの、中肉中背のような、なんとなく当たり障りのなさそうな、そういう値段の純米吟醸を買うことにした。純米大吟醸を買うという選択肢もあったのだけれど、価格が少し高く、仮に純米大吟醸がメチャメチャうまかった場合、この後に価格の安い純米吟醸をあえて試すという選択肢は俺にはないだろうし、そういった自分の性質を考えると、とりあえず純米吟醸から飲んで、気に入ったら純米大吟醸も試してみるという流れのほうがより大きな感動を得られるのではないか、そう思ったのだった。セコい。だが、外した場合のショックも少ないような気がした。まだ大吟醸ありますからねー、と、心に言って聞かすことができる。

俺はレジに並んで、会計を待った。レジ前はそこそこに混んでいて、俺の前には特段健康そうでも不健康そうでもない痩せた婆さんが並んでいた。婆さんは角を丸っこくした四角いレンズの銀縁メガネをしていて、全体的に臙脂《えんじ》色の衣服で、小豆《あずき》のような外見だった。婆さんはこの巨大な酒屋がスーパーの機能をほとんど持っていないにもかかわらず、海苔のパックを手に持っていた。前列の親子連れと妙に密着してはいるものの、その子が婆さんに懐《なつ》いている気配はまったくなく、どうやらその親子とはまったく関係がないようだった。ただ単に、列を詰め過ぎているようで、少しだけハラハラした。

しばらくすると、乾いた炸裂音がした。ん？　俺は耳を疑った。音は確実に婆さんの尻のあたりから聞こえた。あー、婆さんこいたな。完全にこいた。俺はもう、「なんでやねん」とツッコミたい衝動が関西人でもないのに喉元まで込み上げてきたけれども、それをなんとか飲み込んだ。不慮の屁かもしれない。婆さんとはいえ、レディであるからして、指を指して笑うようなことをしてはいけない。失礼だ。歳を重ねれば、筋力の問題などが生じるのかもしれない。俺はニヤニヤしないように堪《こら》えて何ごともなかったように列に並び続けた。

約二十秒から三十秒後だった。おそらくミの音、Eの音で婆さんはもう一度屁をこいた（絶対音感がないので家に帰ってからギターで確認）。そして、間髪入れずに、もう一発、婆さんは真後ろに屁をかましたのだった。躊躇のまったくない音だった。スコーンと、突き抜けるような屁だった。キース・リチャーズがイントロで弾くギター、を俺は連想した。俺はプッと息を吹き出してしまい、慌てて口を手で塞《ふさ》いだ。婆さんはまったく自覚がないような素振りで振り返り、ちょっと忘れたものがあるからここを見といてくれ、そう言い残して酒屋の奥に消えていった。俺はなんだか狐につままれたような気分になった。夢かもしれない、と思った。屁の匂いはまったくしなかった。

しばらくすると、婆さんが戻ってきた。酒屋だから、さすがに酒を買うのを忘れたのだろう、海苔に合う酒はなんだろうか、清酒かビールか焼酎か、そんなことを考えながら婆さんに目をやると、海苔のパックをふたつ持っていた。ありがとう、というような感謝の言葉はなかった。

その後、婆さんは前に並んでいる親子に再び密着しはじめて、ほとんど一緒に買うみたいな距離感でレジの近くまで行き、会計が終わって空になった親子連れの買い物カゴに海苔を放り込んだ。これは怒られるだろうと思って驚いたけれど、親子連れは完全にスルー。店員もスルー。俺はもしかしたら自分にしか婆さんが見えていないのかもしれないと不安になったのだった。

帰り道、小豆色の婆さんは国道を強引に横断して路地に消えていった。妖怪なのかもしれない、と俺は思った。

そして、俺は清酒を家に持って帰って開け、ちょっと甘いかもなぁ、今度は純米大吟醸も、などとぶつぶつ言いながら飲み、へベレケになって、屁をこいて寝た。

2013.2.8

100

マッサージのもやもや

岡山公演、観客たちの性急な手拍子に度肝を抜かれる場面もあったけれど、総じて楽しかった。参加してくれた皆さんに感謝している。

公演後は疲れがたまっていたので打ち上げには参加せず、ホテルに戻ってマッサージを頼んだ。マッサージと一言で表しても、土地やホテルによってクオリティに差があったり、特色があったりして面白い。そういった違いを揉《も》まれながら楽しむという奇怪な趣味を俺は持っている。アンケートや履歴書の趣味の欄に書くとしたら「マッサージを受けること」となるのだろうか。けれども、書くにはあまりに長いし、意味も不明だし、性的なマッサージだと誤解されると面倒くさいのであまり他人に言ったことはない。

昨夜はちゃんと資格を持った本格派のマッサージ師が来てくれた。ツボを的確に突いてくれている感触があるのだけれど、とても「痛いタイプ」のマッサージだった。なので、ノギャー!!　ヌグオー!!　などと奇声を発してしまい、隣室の方々に迷惑をかけてしまったことだと思う。こういう「痛いタイプ」のマッサージ師がよく言う科白は「触ってるだけなんだけどねぇ（笑）」で、ときには「なでてるだけなんだけどね（笑）」になる場合もある。訛《なま》って「なぜてる」となったりすると大変な和みポイントになるのだけれど、痛いのでそれどころではない。昨日のおばちゃんも例外ではなく「触っているだけなのよ」を連呼し、俺のツボをグイグイ押してきたのであった。

マッサージ師の施術中は、なるべく静かにしていたい。疲れているのだから当たり前だ。けれども、無音で気まずい感じになるのも嫌だ。マッサージ師もそれは避けたいので、時事ネタなどを振ってくる。そうすると揉まれることに集中できなくなってしまう。

こうした場面を避けるには、テレビを点けっぱなしにする、ラジオを流しっぱなしにする、iTunesで音楽を聴く、寝る、などの選択肢がある。俺は毎度、テレビを点けっぱなしにしている。なんとなく、気まずさを緩和する度合いが一番高いように感じられるからだ。なんというか、あるのだけどないような、マッサージ師以外にも人がいるような雰囲気を演出できるし、それでいて聞き流せるヌルい感じを保っておけるのがテレビの良さだと思う。ただ、テレビを点けることによって精神的にはリラックスできるのだけど、もちろんリスクもあって、それはマッサージ師がテレビに見入ってしまうということだ。

そんなことはありえない！　と思うひともいるだろうけれど、実際にテレビに見入ってしまい施術がおろそかになってしまうマッサージ師に揉んでもらったことが何度かある。手の止まる瞬間があって大変に驚いたが、それに気づいて急に消したりするのも失礼だし、何よりも気まずい空気を避けるために点けたテレビの意味がなくなってしまう。真逆の効果になってしまう。なので、そのときは中途半端に揉まれることを受け入れたのだった。五千円くらいをドブに捨てた気分だった。

この日のマッサージ師は本格派で、テレビに見向きもしない様子だった。俺と同じく、BGMのように聞き流していた。だけれども、たまたま放送されていたのが『匿名探偵』というちょっとエッチな、ちょっとエッチというかだいぶ卑猥《ひわい》なシーンのあるドラマだった。そのことに気づいた時は横向きで肩を揉まれている最中で、チャンネルを変えることができなかった。はっきりと気まずかった。ニュース番組とか、旅番組、なんでもないトーク番組、料理番組の類だったらよかったのだけれども、セクシーな女優たちが半裸でリンボーダンスをしたり、三浦理恵子のエロい声が木霊《こだま》したりと、そんなテレビからの音声をバックにノギャー!! とか俺は叫んでいたわけで、思い返すと恥ずかしい。NHKにしておけば良かったと後悔した。

マッサージ師にはいろいろな人がいるので本当に面白い。大山倍達《ますたつ》や長嶋茂雄を揉んだことのあるという手練《てだ》れの老婆、「お客さんの部下は幸せだわぁ」と三分に一回口にする軽薄な白髪ロン毛の眼鏡ジジイ、石原軍団への愛情を語り尽くしていった青年、毎度同じ話をする赤い眼鏡の婆さん、何の恨みがあるのか知らないけれど長渕剛の悪口を言い続ける空手師範のオッサン、など、とにかく面白い人にたくさん出会った。施術料が一回六千円くらいかかるので、なかなかの出費をともなう趣味にはなるのだけれど、場合によっては身体も少しはほぐれるのでオススメ。趣味だと言い張っているのは、俺しかいないと思うけれど。

2012.10.26

『風立ちぬ』を観た

早起きして、レコーディングの前に宮崎駿《はやお》監督の『風立ちぬ』を観に行った。

さすがに朝の早い時間だったので人があまりいなくて良かったが、朝のお通じの予感を覚えて厠《かわや》へ行き、ひと仕事終えて脇を見るとトイレットペーパーがなかった。映画館のトイレは上映開始前の掃除が行なわれており、近くに清掃員の方がいたので少しだけドアを開けて、すみません、と声をかけると、その清掃員はものすごく嫌そうな、変質者に対する侮蔑《ぶべつ》と恐怖が二〇パーセントくらい心のなかで発露してそれを俺に向けている、ということがわかる表情で「はい??」と応えた。俺はドアを少し閉めて、ここから飛び出してウンコを投げつけたり下腹部を露出したりすることが目的ではありません、というサインを送りながら、「紙がないんですけど」と冷静な声で続けた。そして、ドアを完全に閉め、その上から手をだして「上からください」とアピールした。それから清掃員はやっと俺にトイレットペーパーを渡したのだった。

ロビーに戻る際に「すみません」と、ピンチを救ってもらったお礼のつもりで清掃員に伝えたのだけれど、清掃員は俺を完全に無視した。え、なんか違くない？　俺、なんか悪いことしたっけな、という想いが込み上げたが、朝も早かったので静かに飲み込んだ。

映画館の座席に座ってしばらく上映開始を待っていると、暗転の直前になって四人組の家族がわらわらと入ってきた。自分のことを棚に上げて、朝早っ！　と俺は思ったわけだけれど、それは早朝から家族で映画を観に行くというシチュエーションが俺には想像できないからであった。五十代くらいのお父さんとお母さん、十代後半から二十代前半と思《おぼ》しき娘二人、四人全員からけっこうな量を振りかけたであろう香水の匂いがした。シュッシュッと空中に香水をスプレーで数回噴霧した後にそこをくぐるなどして匂いを定着させたのかもしれない、と考えてしまうほど高濃度の香りだった。すると、なぜか香水一家が不自然なほど近づいてきた。俺は適当にチラシなどを読んで無視していたのだが、お父さんが話しかけてきたのだった。

よく聞くと「そこは俺たちの席だ」と言っている。意味がわからないので、俺は自分のチケットをお父さんに見せ、席が間違っていないことをアピールした。すると、お父さんもチケットを俺に見せ、席が間違っていないことを主張した。俺とお父さんの手元には、まったく同じことが書かれたチケットがあった。どちらにも同じ座席番号が書かれていた。おそらくコンピューターの誤作動か何かが原因だろう。まあ、俺が先に来ていたし、良席だし、アンタらがちょっとずれたらよろしいと思っていると、お父さんが顔を使って「四人連番なんですよね」とアピールしてきた。けっして、「四人連番なんです」と言葉にしたわけではないのだけれど、どう見ても「四人連番なんですよね」としか読めない表情をしていた。同調圧力って顔で表すとこんな感じなんですよ、という表情だったようにも記憶している。

うわぁ、と俺は思った。俺はスクリーンのド真ん中の席を取っていたので、真ん中に俺が居座ると四人が揃って右か左にズレないといけない。せっかく真ん中近くの席なのに、アシンメトリーのような偏ったかたちになってしまう。なんか悪いなぁとか思ってしまった俺は、じゃあいいっスよ、俺ズレるんで、と、席を移動した。結局、お母さんが真ん中に座って、俺が香水一家の息子的なポジションで観るハメになってしまった。スクリーンから見て、左から、娘、娘、お母さん、お父さん、俺の順だった。

2013.7.23

温泉

温泉へ行った。

プールタイプの、水着着用のだだっ広い浴場のジャグジーなどに浸かってウダウダしているると、二十代前半の男の子が入ってきた。浴場は閉場直前だったので、彼が入って来るまでは貸し切り状態であった。チッと舌打ちはしなかったけれども、なんだかなぁという気分になったのはほかでもない、その男の子の挙動から後で彼女が入ってきまっせというオーラのようなものを俺が感じ取ったからで、彼に悪意があったからではない。そうしたらば案の定、その男の子の彼女がビキニ姿で浴場に入ってきたのだった。

巨乳であった。

うむ。これは参った。彼女が来まっせというオーラを男の子から感じたときから、俺のなかにはどんな子なのかなという興味がビンビンに芽生えてしまっていた。けれども、現れた彼女は遠目にも巨乳ということが近眼の俺でもわかる感じだったので、それをチラッチラ気にすると、あの眼鏡の人は湯治《とうじ》というよりも混浴での裸体観察が目的の変態野郎だと思われてしまうかもしれない。弱った。弱ったので、なるべくそのカップルとは距離を取って、ジャグジーやらナントカ風呂やらを移動して回った。それぞれの湯から上がるたびにレンタルした水着のポケットがベローンと外に飛び出してきて、それを仕舞うのに忙しかった。

変なヤツだと思われるのが嫌だったけれども、気になる気持ちを完全に殺すことができなかったので男の子をチラチラ観察してみると、なんだか彼は妙にヘラヘラしていた。きっと街なかからヘラヘラしたままこの温泉までやって来たのであろう。そういう長尺のヘラヘラ感であった。さっきまではヘラヘラしていなかったのに、だ。

この野郎！　といろいろな気持ちを反芻《はんすう》しながら部屋に戻り、ビールを飲んで就寝した。

2014.1.5

6

俺、デモに行くの怖いよ

夏の終わりの抗議デモ

2012.9.7

あー、あぢー、うわー、面倒くさい。

そういう気持ちがまったくないか、と問われれば、ある。だって暑いんだもの、とはよく言ったもので、なんかいい感じのヘタうまみたいな筆跡で色紙などに書き付けておきたいくらい、真夏の抗議デモは暑い。デモを称して「お祭り騒ぎ」などと揶揄《やゆ》する人もいるけれど、はっきり言って、出店《でみせ》もなければ、場所によってはコンビニはおろかトイレもない。神輿《みこし》も担がせてもらえない。そういうものなのだ、抗議デモ活動というのは。

かといって、日本の未来を憂う聖人たちの集いというわけでもなくて、「何を言ってるんだろうか、この人は」というスピーチもたまにはあるし、根っこのところでは同じく脱原発化された社会を希求しているわけだけれども、その格好は一体どういうわけだと小一時間問いつめたいような出で立ちの連中も見かけたことがある。主催者発表で十万人と言われた頃には、おてもやんのような格好をしている変なオッサンも見かけた。その風景だけを切りとれば、脱原発デモにおてもやんとは何事だ、不謹慎だ、阿呆なのか、という雑言はむしろ積極的にかけるべきだと思ってしまうかもしれない。

ただ、十万人規模の都市へ旅行に行ったとして、たった独りのオッサンがおてもやん、この場合、熊本弁で「やん」は「さん」にあたるそうなのでおてもさんの格好をした変態ジジイが「我が町にようこそ」と現れても、この町の町民が丸ごとおてもさんなのだとは思わないのが当たり前なのであって、なんか嫌だなと思ってしまうことについては否定しないけれど、少なくとも、その印象を全体に適用するのはおかしいのではないかと思う。

けれども、とりあえず、デモというのは多くの三十代以下の若者にとっては行ったこともやったこともなかった事柄なわけで（なんらかの組合とか団体のものっていう意識があったと思う）、初めて海外へ旅行に出かけた先が名も知らない南国の絶島みたいな、どうせ未開でしょ、あー来た、ほら、おてもやん。やっぱりこの国の民はみんなおてもやんだわ、おてもやんの集い、で、あれだろう、自宅に帰ったらインターネットエクスプローラーに向かってあることないこと適当な情報を垂れ流し、ツイートリツイート非道の限りを尽くして情報を攪乱《かくらん》、夜には密造された現地ならではの雑酒で乾杯し、最終的に我々旅行者を食べるのだ、首刈り族の類だ、けしからん、というような、過剰なレッテルが貼られているのだと思う。比喩だけれども。

参加者たちの意見が細部にまでわたってまったく同じであるというのは抱かれやすい幻想で、喩《たと》えるなら、ひとつの意識に基づいているが身体はそれぞれ別々に動くクローン集団、くらいのサイエンスフィクション感がある。けれども、人は他人のこととなると何かひとつの簡単なイメージにまとめたがる。一緒にしないで！　巨乳ってひとくくりにしないで！　というような例を挙げるまでもなく、記号化されたイメージにまとめられるのは誰だって嫌なのに、他人のことは雑にまとめてしまうのだ。そして、「デモには共感できない」などと言う。これは、おてもやんの格好をして来てしまうことと同じくらい阿呆だと思う。ただ、おてもやんのオッサンがとんでもなく崇高な理念に基づいて、あのような格好で抗議に参加している可能性もまったくゼロではない。

俺は、けっしてデモの全体性に共感して参加しているのではない。主催者が用意してくれているのは「場」なのであって、共感するための何かではないからだ。俺は俺自身の信念に基づいて、大飯原発の再稼働に対する説明不足と手順の性急さについて不満を持ち、原子力規制委員会の人事案および国会同意人事案なのにもかかわらず特例で首相が任命するというプロセスについて憤怒し、また、こういうやり方で原子力エネルギーを安全に運転運営していくことができるのかという疑問を抱いて、大問題ではないか！　と抗議したい、そういう感情によってこの「場」に来たのだ。件のおてもやんや、まわりで一緒に抗議している人たちに共感して来ているわけではない。と、大きい声で言いたい。いや、小さい声でもいい。とにかく言いたい。

自分の意志が大切なのだと思っている。俺の意見を決めるのは俺で、その責任を負うのも俺だ。俺がデモに参加したってことで傷つく人がいたら、謝る。すまない。誰かを傷つけるためにこういった抗議活動に参加しているわけではないので、理解してほしい。もちろん学んだり、話し合ったりもする。それは喧嘩ではない。対立ではない。そうやって敵と味方に分かれている場合ではない。敵と味方という分類だから成立している話のように見えるけれど、国民を巨乳とブラジャーのふた組に分ける、ということだったら意味がわからないだろう。その意味のわからなさと本質的には同じことをしている。そういう不毛なふた組への分類をしていることと同じだと気がつかなければならない。オンでもオフでもない。そもそもスイッチのような装置ではない。そういう性質を踏まえて、ベストではなくてベターな選択を模索していくこと。それこそおてもやんの彼に「出て行け」と言わずに、「いや、ちょっとあっちの木陰で休んでおいてください、誤解されるから」と伝えながら、そうやって進んでいくしかない。それが民主主義なのだ。

共感したから支持をして、なんとなく共感できなくなったからお前が悪いっていうのは、おかしい。

なんなんだ共感って。阿呆か。

お前が勝手に人の意見に共感しておいて、後から失望しただなんて、何を言っているのだ。そうやっていつでも人のせいにしてはいけない。委ねて責任を回避してはいけない。だから俺は、暑いしめんどくせーし、もう帰りたいしビール飲みたいけどこのあと仕事だから無理だなー、とか、ちょっとだけ思いながら、官邸前の路上で、俺の信念に基づいて抗議するのだ。それは、責任だ。自分の子供とか孫とかの世代に、押し付けてはいけないものがあるのだという俺の意思だ。

誰の責任でもなく俺の責任で、俺の意見だ。だから、お前は間違ってる！　と俺に言うのは、それがあなたの意見ならば間違いではない。話し合おう、おてもやんの格好で。

俺はデモに行くのが怖い

2012.10.4

箭内《やない》道彦さんの『福島をずっと見ているTV』を観た。とても複雑な気分になった。番組の内容は、十五人の福島からの参加者が脱原発デモ（官邸前）に対する違和感や戸惑いを述べ、ひとりの若者が実際にデモに参加して、違和感を感じながらもスピーチ台に立つ、というものだった。ように思う。ように思うとここに書くのは、もしかしたら違う要約の仕方をする人がいるかもしれないからで、実際にさまざまな番組への印象が言葉にされているところをネット上で見かけたのだった。

十五人の参加者が言うことも的《まと》を射ていると思った。端から見れば、人が集まるだけでお祭りのように見えるし、過激なことを言っているようにも感じる。参加するまでは俺もそう思っていたし、最初ははっきりとデモが嫌いだった。震災の直後に『六ヶ所村ラプソディー』の鎌仲ひとみ監督と対談した際にも、俺はそういう旨の発言をしている。もともと、デモが嫌いで、別の方法で、反対するのではなくて別のアクションとして、そういう思いで創ったのが『THE FUTURE TIMES』だ。

それでも、TWIT NO NUKES（反原発運動のひとつ）の主催者に話を聞いたり、実際にデモに参加してみるうちに考え方が変わった。俺の考え方の変遷については『THE FUTURE TIMES』の編集長通信にもいろいろ書いてきた。

たしかに、過激なことを言う人もいる。納得のいかないスピーチもあるし、ある日のシュプレヒコールの中には、これだけは一緒に言いたくないという言葉もあった。そういうときには、俺も現場でムカッときていることがあるし、グサッと傷つくこともある。だから、俺よりも外の輪から眺めて、そういう心ない言葉に傷つく人がいることは想像できる。う〜ん……としか言い様がない。自分の言いたいことと、違うことを言っている人がいる事実を、どう受け止めたらいいのかというのは、とくに官邸前に行き出してからの悩みでもある。

どうして官邸前に行くのかと訊かれれば、それは単純に、再稼働へのプロセスや原子力規制委員会の人事についてや、政治的な決定について不満があるからだ。「ちゃんと手順を踏め」、そう思っているだけだ。それについては、『THE FUTURE TIMES』でも何度も触れてきた。その一点を態度として表すために参加していると言っても過言ではない。

でもやっぱり、迷いはある。福島の方がこの番組で感じるような想いに対して、返す言葉がないからだ。

「どうしてそういう人たちを片っ端から注意しないのか」と俺に訊く人もあった。言われてみればそうだなと思った。もっともだと思う。一方で、そういう人を片っ端から現場で注意している自分を想像すると、それはそれで、一体、何をしに行くのかわけがわからなくなってしまう。デモのなかにいる自分と意見の合わない、極端だと思しき人間を注意するために、俺はデモに参加しているわけではない。排除する立場でもない。でも、そう居直って反論するのも違うと感じる。現に、俺は現場でそういった意見の違う人たちの言葉でギューッと胸が苦しくなったり、イラッとしているのも事実だ。けれども、「そんなこと言うなや」とツイッターで呟いたことはあっても、それを誰かに直接意見したことはない。

東京には千三百万人くらいの人間が住んでいるそうだ。デモに参加している人は、全盛期で十五万人くらいだったろうか。それでも約一パーセント。現在は夏の暑さも影響して、一万五千人くらいだろうか。詳しい人数は知らない。それでも一〜〇・一パーセントくらいのものだろう。はっきりと、マイノリティだ。それは官邸前から帰る丸ノ内線でも、どんな路線の地下鉄でも、たとえば表参道駅や東京駅でも感じた。デモとは関係ない人のほうが、そこにはたくさんいた。そのたびに無力感というか、本当はこっちと向き合わないといけないのではないかとも思った。そこにゴロッとある東京の日常と。デモを面倒くさそうに眺めながら帰路につく、霞が関付近の人たちの視線にも。

どこかの映画監督が言うように、俺たちは（というか、俺は）、分別や思いやりのない阿呆なんだろうか。自己陶酔した馬鹿野郎なんだろうか。

そう思われてしまうことも、仕方のないことかもしれない。事故の前まで、少しも注意を払ってこなかった、知っていても行動することはなかったのだから、何を今更ということなのかもしれない。でも、俺は、そういった自分の都合の良さへの逡巡と後悔や、さまざまな迷いを抱えたまま、あの東京駅と表参道駅の雑踏の中に何食わぬ顔で戻っていくわけにはいかない。だって、知ってしまったし、起こってしまったことだから。だから俺は、どこかで、身体を使って、意見を表明したい。誰のためではなくて、俺がそう思っているから。代弁ではなくて、自分の弁として。

誰かによく思われるためにデモに参加しているわけではないので、それは詰まるところ、馬鹿だと言われても構わないということだ。ミュージシャンなのに熱くなっちゃって、と揶揄されることを覚悟して参加している。

けれども、そういう活動を見て誰かが傷つくことに対しては、どうしようもない、上手く言葉にできない感情を持っていて、申し訳ないとしか言いようがない。それについては耳を傾け続けようと思っている。『THE FUTURE TIMES』の「コネクティング・ザ・ドッツ」（1号、1・5号、2号、3号、箭内さんとの対談）という記事にて、福島の方々へのインタビューを行なうときですら、自分の口から原発の話を振ることへの躊躇《ちゅうちょ》が毎度ある。どのタイミングで、部外からやってきた俺が何を聞けばいいのか、迷ってしまう。厚かましいな俺、と思いながら記事を作っている。

デモや自分の活動については上手に書けない。上手に書くことが目的でもないし、自己弁護がしたいわけではないのだけれど。モヤモヤがずっと消えない。

ひとつだけ最後に告白すれば、こんなことを言うのはダサいかもしれないけれど、俺はデモに行くのが怖い。変なヤツに刺されたり絡まれたりしないか、とっても怖い。殴られたりするかもな、とか、本気で思う。会ったこともないのに俺のことを嫌いなヤツが世の中にはたくさんいるし、精神を病んでいるのか「殺すぞ」という投稿が掲示板に寄せられることもある。仕事の現場に変わった人が訪ねてきたこともあった。どこに居るなんてことを明かすのは、普通に怖い。そういう小心者な悩みも、俺にはある。

自分のやっていることに対する迷いや、そもそもどうなのか？　という問いはいつでも抱えている。でも、今は、やれることを精一杯やりたい。そう思う。

二〇一二年秋、官邸前で起きていたこと

2012.10.5

アジカンのリハーサル。通し稽古のあと、サポートメンバーの岩崎愛がインストアライブに出かけて行ったので、残りのメンバーでリズム練習。同じくサポートの三原重夫さんを囲んで、山ちゃんややリズムがハネてる問題、建さん自由過ぎ問題、キヨシ絶好調問題、など数々の問題について実際にセッションしながら話し合った。とても面白かったし成果もあった。自分たちだけだと、コーヒーを吹きかけ合ったり、豆を投げつけ合ったり、浣腸攻撃合戦になったり、とにかく険悪になることがしばしばだったので、三原さんや同じくサポートメンバーの上田禎さんが加わることによって、和やかにことが進むのが嬉しい。

リハーサル後は官邸前へ行った。

永田町の一番出口を登ると、国会議事堂の真裏、皇居の側に出る。ここを真っすぐ皇居から離れるように歩いていけば首相官邸前に行けるのだけど、横断歩道は警察官によって

封鎖されていて、デモに参加する人たちはグルッと国会の正面まで回らなければならなかった。半蔵門線の永田町駅ホームから一番出口までもかなり距離があるので、ここからまた何百メートルも歩くのかぁとボヤきながら、蒸し暑いなかをトボトボと歩いて行った。蒸し鶏ってこういう気分なのかな。そういうことは思わなかった。思わなかったのなら、書かなければいいのだけれど、なぜか書いてしまった。

国会議事堂も、真ん前には渡れないようになっていた。交差点の向かいにはお立ち台のようなステージが用意されていて、いろいろな人がスピーチをしていた。シュプレヒコールもあがっていた。道幅にも余裕があって、実は居心地が少しだけ良かったけれど、本当にクソ暑かったので汗がダラダラ出た。機材なども持っていたので、暑さだけでなく荷物の重さがしんどかった。年寄りが多いと思った。若者の割合は、全般的に少ない。高齢化社会なんだからそんなもんだろうと言われればそうかもしれない。老人は時間がつくりやすいのかもしれない。前に立ち寄った北海道庁前の抗議活動も似たような年齢層だった。印象的には、三十代以下は少ないように感じる。関西電力の本社前にも二回くらい行ったことがあるけれど、そのときは若い世代がたくさん集まっていた。

その後、官邸前へ移動した。官邸前の交差点付近は封鎖されている時期もあったけれど、最近は完全に封鎖されているわけではなくて、この日は霞が関方面からのルートで歩いて参加することができた。

国会前からの移動中、ひとりで黄色のブブゼラを国会に向けて吹いているオッサンを見かけた。何故にブブゼラなのかはよくわからなかった。陣取った場所も、デモをデモ隊とまとめるならば、そのまとまりからは外れた場所だった。よくわからないが、このオッサンにはオッサンなりの信念や意志があるのかもしれない。それを想像することは難しい。ただの阿呆の可能性もある。

道々でギターを抱えて歌う人、打楽器を叩いている人、忌野清志郎の写真を掲げて彼の曲を流す人、いろいろな人を見かけた。俺はこういう場所にギターを持ってきて歌ったりはしないので、デモに来て歌ってしまう人の気持ちがよくわからない。歌うどころか、楽器を持っていこうとも思わないので、なんというか、正直、そういった行為が原因で誤解されているところもあるぜと言ってやりたいのだけど、それは俺の視点であって、彼らの理念とか意志とかは知らない。暑いなぁとか思っている俺なんかよりも崇高なのかもしれない。実際にこの時期でも暑くて、街中に二時間立っているのも大変なのだから、こういう余剰みたいなものが潤滑油になるんだという発想なのかもしれない。

いずれにせよ、それぞれの想いについては想像の埒外《らちがい》で、俺には計り知ることができない。「デモ」という言葉でもまとめられない。俺も、一緒にまとめられたくない。凄く性格の悪いべっぴんさん、もしくはその逆、みたいなベタな喩えも思い浮かんだ。外見からの印象は一部でしかない。その人の普段の行ないまではわからない。だから、俺は俺の抗議、それを発露させるのだとテクテクと官邸前に向かった。

俺は、再稼働反対、と声をあげた。もう新しい原発を造るのはよせ、再処理もよせ、と思う。テキトーな規制委員会を作ってゴマかしたりせず、将来的な原発ゼロを目指せと思う。実現にどれくらいの時間がかかるかはわからない。百年かかるかもしれない。でも、なるべく早く実現してほしいと望んでいる。そして、異論は認める。そういうものだと思う。俺は神でも科学者でも聖人でも、その他の何でもなくひとりの市民なので、市民の立場からそれを表明しているだけだ（エラそうにすみません）。間違っているかもしれない。思い直すこともあるかもしれない。それでも、原発の問題や放射性廃棄物の問題を先送りにはできないと考えて、未来に向かって吠えた。

変わらないといけないのは市民の側だとも思う。もちろん、俺も含めて。熱しやすく冷めやすい気質、ワイドショーみたいな下世話な体質、これは俺自身も少なからず持っている性質で、これを俺は心底憎んでいる。夏前にここにいた十万人はどこへ行ってしまったのだろうか、とも思う。

永田町に向かう半蔵門線の電車の中で少しお腹が痛くなった。緊張していたのだろう。

いろいろなことも考えていた。迷いがまったくないかと聞かれたら、ある。そんななか知り合いの作家に会って、少し安心した。

まとまらない。まとまらないが、いろいろなことを考えている。唸《うな》り声を上げている。今は心の中を文章にしても、自分で書いた言葉でも空疎で、言い当たっていないような気がして、何度も書いては消して、リライトして、を繰り返している。まあ、思ってることのすべてをネット上に書き込む必要もないのだけれど。コンピューターのスイッチを切ってしまえば、ただの箱で、そこにぽつねんと俺だけが残る。丸裸のクソ野郎が、そこにいるだけだ。

ひとりぼっちでも「YES」と言えること

2013.7.13

政治なんかに関わり合いたくない。そりゃそうだ。なーんにも関係ないところで、政治性とかお金のこととか全部忘れたところで、音楽に没頭していたい。だから政治なんて真っ平ご免だなんて思う気持ちが、俺の腹の中にはたっぷりある。立候補？　ほとんどギャグじゃねぇのって思っている、申し訳ないけれど。

でも、グラッグラしている。三宅洋平のスピーチの動画を観てドキドキしている。それは、彼の魅力にドキドキした気持ちも少しあるけれど、自分の矮小さに気づいて、心臓の鼓動する速度が増しているからだ。「政治なんかに関わり合いたくない！」それじゃ恥ずかしくない？　って、自分の心が俺の身体にメッセージを送っている。だからドキドキする。ギューッてなる。

マイノリティの票っていうのは、死んでしまう票で意味がないだなんてニヒルなヤツ、現実的なふりをしたヤツは言う。それはそうだ。政治って実際的なものだもの。

けれども、選挙結果にかかわらず、この国や俺たちの生活は続いていくわけで、この選挙で誰が勝ったか負けたかっていうのも見過ごせないけれど、それぞれの意識が変わらなかったら、いろいろなものを消費して終わりだと思う。流行りのショップでシャツか何かを買って、二、三回着たらボタンが取れて、だったら新しいの買えばいいやって話じゃダメだ。ボタンを付け替えてでも着続けなきゃ。そう思えるようなシャツを選んで着るのが、流行じゃない本当のお洒落でしょう。

新しいものは、最初は見向きもされない。それはなんだってそうだ。ただ、続けることで、堰《せき》が切られる瞬間ってのが、絶対にやってくる。それまで続けられるかどうかだと俺は思う。水位は上がったり下がったりする。それに一喜一憂する瞬間も乗り越えなければならない。「意味がないのかな」なんて思う日もあるかもしれない。でも、それは、堰が切られるその一瞬のためにある。

何度も何度も何度も変わりたいと思って、実際にいろいろなことにトライしてみたけれど、また、こんな動画を観て、俺は変わりたい！　と思った。

選挙に立候補したりはしないよ。俺は政治家にはなりたくない。それだけは変わらない。嫌だよ、静かに電車に乗りたいから。ただ、ひとりの市民としては、もっと意識を高く持ちたいと思う。そして、表現や創作をしている人間として、できることを考えたい。

ほら、目の前で、というよりは画面の先にだけど、とてもエネルギーに満ちた言葉を吐く表現者がいる。俺はそれに負けたくないと思う（「勝ちたい！」ってことではないのが重要なんだけど、伝わるかな）。

決して、誰かを扇動したいわけではない。文学や、音楽や、そういう行為にしか書けない言葉があって、俺はそれを使って、自分の考えることをしっかり綴りたい。

ひとりひとりが、どうしていくかということだよね。俺はそう思う。ひとりぼっちでも「YES」と言えること。言うこと。その先で繋がっていくこと。口裏を合わせずに集うこと。その集いが、いつか堰を切ったように世の中を変えること。それを諦めないこと。

三宅君に投票して！ってことではないからね。いつでも俺は同じことを言うつもり。「自分で考えて」って。音楽もそう。何を聴くかは自分で選ぶでしょう。だって、信者を獲得するゲームではないんだもの、俺にとってバンドや音楽は。そして、もちろん、この日記も。君の一票は君のものだ。ドブに捨てたっていい。君が誰を選んだかなんてことに責任持たされるのだけはゴメンだよ、マジで。政治に関わるよりも嫌。俺のせいにしないでね。あはは。

無知という場所からでも

2013.7.22

期日前投票のときに、「投票先についてオープンに話されるべきだ」ということを書いたのだけど「秘密選挙」という言葉について、知人から指摘があった。

もちろん、どこに投票したのかを言うかどうかは、個人の自由だ。けれども、どうして投票先が秘密にされているのかということを考えれば、すぐにそれは民主主義を守るためだと理解できる。誰に投票したかを監視し合うような社会が、どんな状況なのか、考えてみると恐ろしい。というか、そういう時代を経て獲得されたものだから、民主主義は。自明（当たり前のようにあったもの）ではないということ。

恥の上塗りで申し訳ない。俺の投稿が（誤解されないようにもう一度書くけど、俺は特定の政党を積極的に支持してない）変なムードを作ってしまうとしたら、それはマズイなと思った。みんながみんな、誰に投票したかなんて言う必要はないと思った。言わないひとが悪いってことでもない。「オープンに話そう！」って言葉が、「オープンでない」空気を作りあげてしまうことがあるということ。それについての配慮が足りなかったように思う。

こういった愚かしいミュージシャンの発言や行動を反面教師に、あるいは笑い飛ばすためのネタにして、いろいろな場所でいろいろなことが話されたら嬉しい。それは、自分と同じ考えでないヤツを否定するためではなくて、世の中の多様性を認めるというか、そのためにってことなんだけど。多様性を認めるということは、民主主義が獲得したひとつの成果だと思う。もちろん、ルールも決めなければならないし、ルール自体についても考えないといけないのだけど、その範囲内で俺らが本来持っている自由（あるいは平等）が保障されているということも、自明ではなかったんだよね。

信条や、思想や、信仰や、人種や、いろいろなことが違っても、〝話し合う〟ってことが大切なんだと思う。わかり合うのが難しいなら、思い合うことを目指したらいい。俺たちはある意味で、また質の違った監視社会を生きている。とにかくお互いを罵《のの》り合っている。それだけはもう終わらせないと、ここから先、どこへも行けないもの。

原発だって、エネルギーだって、軍隊だって、戦争だって、憲法だって、そもそも市民のあり方だって、どうなのよ？　って話し合うことを、もう避けては通れない。あまり気にしなくても、誰かがなんとかしてくれたというのも事実だし、そういう状況に甘えながら音楽のことばかり考えてきたし、三十歳を過ぎて、やっとこんなことを言い出している自分のことが心底恥ずかしいと思うけれど。

でも、俺は、無知とか、無教養とか、そういう場所からでも、ちゃんと始めたいと思う。どうせ馬鹿だからと卑下して、勝手に退場せずに、いま目の前にあるラインをスタートにして、また勉強したいなって思う。

どんな音楽を選んで聴くのかも、どこかで社会に関わってる

2014.8.30

ミュージシャンは音楽だけをやっていろ、という言葉を割とよく見かけるのだけれども、政治的なものとそうでないものがパキッとふたつに分かれていると考えるのは間違いだと思う。

生活と政治の間に誰も越えられないような溝や隔たりのようなものがあって、自分たちのすることはその隔たりの内側（あるいは外側）のものであると考えているのならば、それは民主主義自体を放棄しているようなものだ。

たとえば、選挙に行って投票することが政治的な行為であることくらいは、誰も疑わないと思う。けれども、俺から言わせれば、日々の生活のなかで何を買うのかということも十分に政治的だ。安ければいいという根性だけですべての物品をすべての人が求めて行動すれば、自然とそういう社会になる。こちらは客なんだから最も安い価格で最大の効果を上げろや！　と病院でも学校でも皆がお客様気分で要求をはじめた場合、どんなに息苦し

い社会になるか想像してみてほしい。逆に医者や教師が金儲けだけを考えて働いていたら恐ろしい。

どういうマインドで物を買ったり、あるいは職業に就いているのかってことは、投票みたいに真っすぐには政治に結びつかないかもしれないけれど、ある場合には投票以上の影響力を持つこともある。つまり、十分に政治的なことなのだ。なにしろ、俺たちの行動の集積が社会なのだから。ゆえに、政治と生活の境界はとてもぼんやりとしていて、なんとも言葉で表しにくいものだと俺は考えている。

俺の音楽だって、そういった生活のなかから生まれている。電車に乗り、バスに乗り、ふらっと小汚い中華料理屋で炒飯《チャーハン》を食べて、自分の作業場で曲を作って、自宅で歌詞を書いている。どんな街でどんな暮らしぶりなのかということは、ものすごく作品に影響する。どこに行っても顔がバレてしまって大変、みたいな状況ではやっていけない。普通という言葉は扱いがとても難しいけれど、俺が考える普通の暮らしのなかから、一切の音楽と言葉が生まれている。

そう考えると、音楽と政治との間にだって、大きな、はっきりとした隔たりなんてないのだ。屁理屈ではなく、どこかで地続きなのだ。

そして、生憎《あいにく》、俺のやっていることは誰かを楽しませるため「だけ」にあるのではない。一〇〇パーセントのエンターテインメントかと言われれば違うけれど、エンターテインメントではないのかと問われれば、そういう要素もある。粗野だけれども芸術の要素もあるし、文学の端くれでもあるし、プリミティブな魂の叫びでもあるし、もっと馬鹿馬鹿しい何かでもある。そして、それらの間にパキッとした隔たりは、これまた、ない。たとえば、相撲が武道でスポーツで娯楽で見せ物で神事であるという、さまざまな要素を抱えているのと同じように。

君がどんな音楽を選んで聴くのかということは、どこかで社会に関わっている。どのような方法で聴くのかについても、聴いた後でどんな気分になるのかということも、どこかで社会に関わっている。

俺たちは多くの事柄について、勝手に隔たりをでっち上げて、自分は溝の外側（あるいは内側）であると規定して無関心を貫いている。自分を守っている。マンションの自治会ひとつを取っても、俺たちは参加することに億劫だ。たしかに、面倒なことが多いと思う。でも、誰かが代わりにやっている。何かの不便が生じたときにだけクレームを出すのは簡単だ。けれども、本当は、住民には住民の参加すべき場がある。それは、みんなの大嫌いな、政治的な場所だ。俺たちはそういった場所を徹底的に避けて、ここまで来た。

まあ、俺がやっていることを批判するのは、何の問題もない。なんか嫌だなぁとか、正直でいいと思う。嫌だなぁと思うことを禁じられるとしたら、どこか変な社会だし。人前に出て何かをしている人は十分に特殊だから、なにあれ!?　と言われても仕方がないとも思う。

でも、いろいろな物ごとの間に、ありもしない境界線を引くのはやめてほしい。選挙に出馬することと、コンサートを催すことが別の行為だということはわかるけれども、そういう切りとり方の話ではない。俺たちの社会は人と人が影響し合って成り立っていて、とても複雑なのだ。ふたつの間に、境界を示すラインはないのだ。

7

何度でもオールライトと歌え

「音楽と言葉」考

言語と身体というテーマに絡めて、「英語で歌うときと日本語で歌うときは何が違うんですか」という質問を受けた。

俺がなぜに日本語で歌詞を書いているかと言えば、それは音楽における「なんかええ感じ」とか「こういうフィーリング」みたいな曖昧な何かを言葉で翻訳／写実するときに、日本語のほうがそこまでのアクセスのスピードが速いからだし、詩の善し悪しのど真ん中にいる比喩という表現方法／技法についても、日本語のほうが巧みであると感じているからだと思う。

一方で、ロックンロール自体は英語圏から輸入されたスタイルなので、そもそも英語のほうが収まりがいい。発語を連続していったときのリズムは、英語のほうがスムースで気持ち良いのではなかろうか。でも、まあ、それを日本語でやりたいし、できるのではないかと考えて、もう何十年もかけて先人たちは日本語でロックを鳴らすことと格闘してきた、と俺は考えている。だから、俺もその歩みの一部なのだと、誇りを持って取り組んでいる。

作曲をはじめた頃は洋楽への憧れが強かったので、全曲英語で歌詞を書いていた。ついでに言えば、まあ、伝えたいこともなかったたし、詩を通して自分のことを知ってほしいという欲求もなかった(今もまあ、ないけれど)。なんというか、気持ち良い発語感を持つ言葉で喉と唇を震わせ、ギターを掻きむしりたかった。しかも、できるだけ大きな音で。ただそれだけだった。なので、別にスワヒリ語でもヒンドゥー語でも適当に作ったハナモゲラ語でもかまわなくて、なんかちょうどいい感じにメロディと一体になる言葉であれば良かった。だって、言葉って面倒くさい。俺は音楽に酔っていたいだけなのに、言葉は脳の別の部分に働きかけてきて、悲しくなったり楽しくなったりだったらまだしも、シラけさせたりもする。歌詞がダサいと思うだけで、心も止まる。そんなふうに十代後半の頃は感じてた。

そして、ライブをたくさんやるようになって、まあ相変わらず伝えたいことは「こんな感じの音楽いいよね」以外に何もなかったんだけれども、それだけだとどうしても届かない、埋もれてしまうんじゃないかと俺は思った。実際に何年も埋もれていた。

とくに、横浜の南端から東京に出て行ってみたときには、もうなんか、俺、こんなに斜に構えてちゃダメだなというか、真っすぐエネルギーを飛ばさないと誰も聴いてくれないんじゃないか、と感じた。でも、日本語で書くのは気恥ずかしいし、語彙もスキルもないから、そこから二年くらいかかった。ちょっとずつ英語の曲に日本語を忍ばせながら実験をして、こういう言葉なら自分はシラけないだとか、グーッと入っていけるだとかを、実践しながら感覚として学んでいった。

どうしても曲を先に書くタイプなので、音楽的な言語が先行する。というのは、音符の話ではなくて、自分の感情は、まずはメロディやコード進行などに表出する。それは「この感じ」としか言いようのないものだけれど、それを俺はもう少し詳しく言葉で言い当てたい、というかメロディと合わさることでエネルギーを持つ言葉を選びたいわけで、そういう意欲と格闘することが、音楽のなかでもポップミュージックのソングライターである自分にとっての意義だと思っている。楽しみでもある。ときに苦しみである場合もあるけれど、まあ、トンネルには出口があるから、なんとかこれまでやっている。

話が長くなったけれど、最初の質問に戻れば、よほど好きで歌詞まで覚えているような曲でなければ、英語の歌では言葉と音とフィーリングが一体になるような現象が起きない。一方で、自分で書いた英語の歌詞の曲は、どんなに文法が出鱈目《でたらめ》でも下手なりにそのときのフィーリングを詰め込もうと格闘した結果なので、解像度は低いけれど接続はできる。でも、日本語のそれと比べると、もの足りないような気がする。

それから、たとえばボブ・ディランの曲を歌いながら、歌っている側から「この歌詞わかるわぁ」となることがほとんどない。全集を読みながらほう！　となることはあるけれども。それについては、正直寂しい。英語話者が羨ましい。メロディや楽曲に詰まってるフィーリングは、音楽的な言語で感じることができる。そのアンテナはもちろん立てている。でも、言葉は即時には入ってこないのだ。

日本人なのに英語で歌っている人たちがどう考えているのかについては、俺にはわからない。彼らにとっては、フィーリングの表出が英語のほうが速いし、音楽としても聴き映えが良いってことなんだろうと思う。ロックミュージックとしての相性を優先させているのかもしれない。英語詞だからといって伝えたいことがないわけではなくて、だいたい立派な和訳詞が付いている。すごく格好良い訳（意訳とか）が多くて、俺はたまにむずがゆくなるけれども。音楽の現場で歌詞があまりに伝わってしまうと、言葉にひっぱられすぎてしまって、ダンスとか、モッシュでもダイブでもいいんだけど、そういった音楽的な部分（同時に身体的でもある）が削がれてしまうと考えているのではないかと思う。どこかウェットになってしまうと。

実際、日本語の歌曲はどこか演劇とか、語りみたいな芸能に寄っていると俺は感じている。というのも、歌詞が好きなのだ、この国の多くの人たちは。音楽よりも、言葉に寄っている。それが煩わしいから英語で歌うという側面が、かなり大きく存在しているのではないかと俺は勝手に推測している。観念よ、邪魔しないでおくれ、みたいな。一方で、スポーツみたいになってしまっている音楽や、その現場もある。まあ、この辺は好みの問題なのだけれど。

音楽的な言語と文字としての言語、そして、フィーリング。もちろん言語は脳を経由して身体に影響を与えるので（言葉が明瞭だと、聴き入ってしまうなど）、どちらを先行／優先させたいのかということなのだと思う。そのバランスによって、音楽と言葉の関係が、それぞれの表現で違ってくるのだと思う。さらに内容も関係してくるわけだけれども。

上手くまとまらないけれども。現時点で言えるのは、そんな感じ。あはは。

2013.12.3

大きなレコード会社にしてほしいこと

以前、ツイッターにて、「売り場のひとが音源を聴きもしないで、前のアルバムの売り上げ実績で新しいアルバムの仕入れ枚数を決めるなんておかしいと思う」という趣旨の発言をしたところ、たくさんの意見をCDショップのさまざまな部署の店員さんからいただいた。

その意見のほとんどが意義のあるものだったし、とてもためになった。返信をくれた店員さんたちにはとても感謝している。そんな中で驚いたのは、「私たちだって音源を聴きたい。聴かせてくれないのはアナタたちではないか」という意見だった。「仕入れ枚数を決めるときにサンプルが届いていることなんてない」という話もうかがった。

「どういうことだ?」と、発信する自分たちの側に対して腹を立てた。

俺は事務所の社長をつかまえて、どういうシステムになっているのだと激しく怒りをぶつけたわけなのだけれど、スタッフサイドの回答は「サンプルは送っている」ということだった。ううむ。でも現場からの声は「届いてないですよ」と。それはもう、聴かれもしないサンプル盤をゴミとして捨てているようなものではないかと俺は感じた。誰が悪いとかではなく、残念だな、と思った。

別の方法が必要だと思う。

大きなレコード会社は、自社のサーバーに発売前の音源を一定期間アップして、CDショップ店員向けに公開してはどうかと思う。ショップ店員向けにアドレスを公開し、パスワードなどを設定して発売前の新譜をストリーミングで聴けるようにすれば、全ての面においてプラスになるはずだ。技術的に難しいことではないと思うし、リッピング可能なサンプルCDを不特定多数に配りながら不法な流出に脅える、というような訳のわからない構造の解消にもなると思う。

たとえば、アジカンのアルバムにかぎって言えば、発売の三カ月前には完成している。我々のシングル『踵で愛を打ち鳴らせ』は、発売前の武道館ライブの段階でマスタリング（CDに収録するための音量や音色などの最終調整）まで終わっている。マスタリングが終われば、その日にだって、誰に聴いてもらっても大丈夫な音源として完成しているのだけれど、それを製品のCDとして完成させることに時間がかかっている。加えて、CDに入れて配ることによって不信感や機能不全が立ち上がっているのだから、CDというメディアに振り回されているように感じる。

会心の出来だと思うアルバムが、前作の売り上げ実績、つまり資本主義経済の合理性のみによって捌《さば》かれてしまうことにも抵抗がある。コマーシャルに、インスタントに売り場に大展開されることを望んでいるわけではないし。マネタイズ（お金にかえること）に興味があるわけでもない。

単純に、音楽にとってのひとつの現場であるCDショップの店員さんたちが、発売前に音源を聴くことができないのはおかしいと俺は思う。そうでなければ、音楽ではなくて、キャラクターグッズを取り扱っていることと変わらなくなってしまう。我々がやりとりしているのはCDケースではなくて、その中身なのだから。

俺にとっては長い間、CDショップの店員さんがDJのようなものだった。憧れていた時期もあった。「なんで○○の新譜が入らないんだ！」と食ってかかったこともあった。売り場のポップの紹介で大好きなweezerというバンドにも出会ったし、名盤にも駄作にも出会って、それ自体が文化だったと改めて思う。

大きなレコード会社（これはちょっと越権だけど、大きなチェーン店の本部の皆さんも）たちは、文化として、これを守ってほしい。

広義や狭義にかかわらず、DJがポップミュージックを担保しているということに対して、法人として愛情を贈ってほしい。しかも、最新の方法を使って。そして本当に広い意味では、リスナーひとりひとりがＤＪなのだと俺は考えている。友だちに「これ良いから聴いてみて」と薦めること、これがＤＪでなくてなんなのだと思う。だからそういうことも忘れないでいてほしい（これはコピーコントロールという機能によって踏みにじられた過去がある）。

こんなところに書かずに、レコード会社に向かって直接言えば良いことなのだけど、なんとなく、人目につくところに書き留めておくほうが良いと思った。

インディーズにしかできないこともあるけれど、メジャーにしかできないことも確実にある。だから、大きな会社のひとたちには、大きな会社にしかできないことを、堂々とやってほしいと俺は思う。それはとても意味や意義のあることなので。なんというか、血流が良くなったらいいなと思う。物質や資本としての流れというよりは、音楽や想いや、愛だとか、そういうものの流れについて。その後に、物質的なものはついてくるのではないかと思う(とはいえ、俺はマネタイズに関する逡巡を常に抱えている。考え中。表現と、対価を求めることについて)。

愛を込めて。

2012.3.5

音楽と値段について思うこと

夜中に音楽とその値段についてあれこれツイッターに書いた。けれども、まあ一四〇字ずつのカード数枚では自分の言いたいことは言い表せないなぁと思った。やっぱり言葉というのは読み手がどう読むかということが大切なので、言いたいことが断片になってしまうツイッターは当たり前だけど全体性を捉えにくい。「莫迦《ばか》」と言った後に「でも愛してる」と呟いたとしても、「莫迦」だけが縦横無尽に拡散していくというようなことが起こるので、恐ろしい。なので、長文で書きたいことは長文で書ける場所に書くのが良いんだなと、当たり前のことだけど、そう思った。長文で書くと、今度は長すぎて読んでもらえないとか、誤読されるっていう悩みもあるのだけど。

音楽と容れ物（メディア）の話はずっと考えている。まあ、これは自分の作ったものを何に入れるのがベストかっていうことでもあるし、いちリスナーとして、どんな形態で聴きたいのかっていう好みもあって、興味はつきない。昨今では、ＰＣに音源を取り込めるようになったことで、CDの中に入っているのはデータであるということが浮き彫りになってしまった。CDもマスター音源のデジタルコピーだからね。要するに複製。複製をプラスティックの円盤に入れて売って、それを複製（コピー）するなっていう、ああ、つまり、レコード会社の主張する権利とは「私らだけがコピーできます」という意味なんだと改めて確認。アナログレコードだって、複製だものね。型でビニールに押しつけた音楽というか（もちろん、ちゃんと血の通った工程を踏んでいるけれど）。

まあ、そういうことは今回の主題ではないので割愛する。言いたいことはたくさんあるけど、やめておく。

で、どうしてCDは三〇〇〇円なんだろうという疑問はずっとあったけれど、iTunesでも一曲二〇〇円とか二五〇円とか、どうして均一価格なんだろうと疑問に思う。いろいろな視点で考え方が違ってくると思うけれど、ミュージシャンの立場からすれば、能力も労力も質も違う作品が一〇〇円ショップのように売られているので、ワシらは工業製品か！というような気持ちにもなる。リスナーとしての俺の感覚では、CDが一枚三〇〇〇円は高い！　と思うけれど、iTunesの一曲ずつについては価格体系がなるべく単純なほうが買いやすいなぁと思ったりもする。うーむ。レコード会社は、単純にCDの価格が均一なほうが予算の管理がしやすいのだろう。iTunesに対しては、アップルめ！　アンタらガメついな！　と大きなレコード会社は思っているにちがいない。

ここまでが前置き。

それで、じゃあ、音楽って一体いくらなのが「正しい」のだろうか？　なんてことを考えてみる。

まあ、はっきり言って、わからない。

曲を作っている側としては、一曲の価値がいくらかなんてわからない。現状のCD価格の相場とかが情報として存在しない状態でアルバム一枚の値段を決めよ！　と言われた場合、ズバリと金額で答えられないと思う。

音楽の成り立ちについて歴史を遡って考えてみれば、もともと値段なんてなかったと思うのね。歌がうまいとか、踊りがうまいとか、そういうのは尊敬とか畏怖とかの対象で、ある種の地位（宗教的儀礼の中で）に繋がったと思うのだけど、違うかしら。存在がありがたがられるというか。それで、教会とか王族や貴族たちをパトロンとした時代がヨーロッパではあったし、そういう権威とは離れて、街を渡り歩いて歌う詩人なども出てきた、と。最初に、一曲に値段がついたのは何だろう、楽譜かな。まだポップミュージックになる前かもしれない。そういう根源的な音楽の発生から、俺らが知りうる西洋音楽の歴史が始まって、それからずいぶんと経って、音楽を録音して売るようになったのは一九二〇年くらいから。せいぜい百年。うわー、短い。それによってポップミュージックはまあヤイノヤイノあって現代のように産業化したわけだ。

複製する技術は（レコードとかCDなど）、人々が音楽を身近なものにすることにおいて、大きな役割を担ったんだと思う。あとはラジオか。まあ、いつしかテレビも。

複製の容れ物としては、レコード、カセット、CD、MDなんかがあって、今はハードディスクドライブとかフラッシュメモリとかになろうとしている。容れ物自体は音楽を売買するときに付属しないようにする流れがあって、複製された楽曲をインターネットを通してやりとりする流れが主流になりつつある。これはもう大きく揺り戻ったりはしないはず。容れ物自体が役割を終えようとしているってこと。まあ、「容れ物」であるレコードやCDに愛着を持って扱う場合には、残っていくと思うけれど、MacBookからCDドライブが取り外されていく時代だから、あらゆるソフトはネット経由でやりとりされる時代に向かっているんだと思う。

容れ物があったお陰で、メディアは身体だから、手渡しでやりとりしないといけなかったんだよね。概念の話ではなくて、実際に。たとえば、工場でプレスして、レーベルの倉庫やCDショップの店頭や、いろいろな場所で人間の手を介さないといけなくて、それ自体が経済活動になった。そうやってどんどん音楽は身近なものになっていったんだと思う。ミュージシャンも潤った。けれども、なんだか段々、これは音楽の値段なんじゃなくて、容れ物（まあ、端的にCDのこと）の価格なんじゃないかと感じるような逆転が起きるようになった。そう感じているのは、俺だけかもしれない。三〇〇〇円の容れ物が決まっていて、リリースするとだいたいこのくらいの売上げが目標で、予算がこれだけ……、というような流れになってしまった部分もあると思う。全部とは言わないけれど。工業製品に性格が近いような、そんな感じ。値段がほぼ一律というのも、そんな雰囲気を助長しているのかもしれない。

自分たちも加担している自戒はあるけれど、あたりを見回してみると、特典など、いろいろなやり方で売上げを上げようとしている。それは、作品本体ではなくて、容れ物への付属を増やすという方法になってしまっている。これはもう、容れ物代に対するお得感なんだなぁと思わざるを得ないし、逆に、CDは特典を付けないとネット音源に勝てなくなってしまったんだなとも思う。あるいは、俺たちがもっと面白いものを作らないといけないということでもあると思う。でも、それをCDというメディアで作るの？　っていう疑問が個人的にある。

音楽と値段の話に戻るけれど、リスナーもミュージシャンも、絶対的な楽曲の価格なんて決められない。だから、本当は金銭のやりとりではなくて、敬意とか感動とか、そういった感情のようなものをやりとりしているのだ。それを忘れて、貨幣価値だけで話をしようとするから、お互いに疑心暗鬼になって、やりとりがギクシャクしているように最近は感じる。まずは、お金以外のところに価値があるんだということが、案外忘れられている。音楽は、お金で買えないものなんだ、本来は。

だから、レーベルなりレコード会社なり、ダウンロードのサーバーの提供者なりが正しく仲介者になるべきなんだ。そこで初めて、お金の話をする人たちが必要になるというか。CDとジャガイモ、音源ファイルと牛肉とを物々交換できないから貨幣のやりとりをしているわけで、そうなると誰かが音楽に値段をつけないといけなくなる。そして、音楽の値段の問題はとても難しいから、制作費から考えると×××円という計算をすることになると思う。この段階を見て、お金の話をしている側ががめつく取ってるんじゃないかという疑念をみんなが持ってしまったところがある。リスナーがメジャーレコード会社を疑いすぎなところもあると思うけれど、一方で、それはどうなのよって思うレコード会社のやり口もある。

うーん。

だからつまり、何が言いたいかというと、音楽に金銭的な価値をつけるっていうのはとっても難しくて、本来は不可能なんだってことと、やりとりしているのは「お金」だけじゃないんだよってことを、皆で意識していくのが、ポップミュージックにとっての良い流れだと思うのね。だから、権利！　権利！　って流れも、本当は真逆で、皆でシェアしていく時代になるのが理想だと思う。そのシェアの仕方にもリスペクトがないといけないと思うけれど。

これは音楽の現場だけの話じゃない。たしかにお金は必要なんだけど、すべてをお金という物差しだけで測っているとカッサカサになってしまう。バランスがとても大事。最終的に、お金では買えないということが、とっても大事。

長くて、意味不明かな。昔から、言っていることが良くわからないと言われる。ツイッターで開陳すると、アイツは莫迦なんだと思われることもある。思っていることや考えていることの、半分も言葉にできない。著作権を知らんのか！　と陰口を叩かれたこともある。そういうヤツにはうるせー！　と思う。読んでくれてありがとう。

2013.1.7

ヘロヘロのタンバリン

タンバリンを作業場で録音してみた。面白かった。

普段はコンピューターの「ピッポッパッポッ」というクリック音を聞きながら、ギターやらベースやらを演奏したり、リズムマシーンでドラムを打ち込んだりする。でも、その「ピッポッパッポッ」は宅録のときには仲間みたいに鳴ってくれるのだけど、どこまでいっても機械、あるいはロボ、みたいなところがある。無機質すぎるのだ。だったら、まずはガイドになる音を自分で録ってしまおうかと、俺は買ったばかりのプリアンプとコンプにマイクを繋いでタンバリンを振った。

いやぁ、難しい。ピシッと、コンピューターみたいにはいかない。どこかでリズムが揺らいでしまう。でも、思えば心臓は、一定のテンポで脈打ったりしない。ああ、こっちが本当は普通なんだなと思った。というか、再確認した。

音楽は関係性で成り立っている。最初の打楽器の音に次の打楽器の音が関係して、その次、その次、そうやって音と音が連なって、その距離と関係性によってビートは作られる。皆が知っている和音とかコードというものも、要は鳴っている音と音の音程の関係性を示すものだ。結論を先に言ってしまったけれど、改めて言い直すと、音楽はどこまでいってもコミュニケーションなのだ。音と音の、プレイヤーとプレイヤーの、演奏者と観客の、俺と誰かの関わり合いだ。

音楽を窮屈にするのはよくない。BPM130のメトロノームに正確に合わせるのはある種の技術だけれど、いつのまにか、そのルールの中で、参加者たちの会話がなくなってしまうことがある。ヘロヘロのタンバリンでも、じっくり話せばとても豊かな関係性（アンサンブルと言う）を築けるのだ。自分の演奏したタンバリンだから、落語みたいな感じかもしれないけれど。自分の科白に自分でツッコミをいれているような。

だから、まあ、コンサート会場で、皆でその揺らぎを感じて関係性を保っているなんていう時間は、奇蹟みたいな行ないなのだ。だから音楽が好きだ。

2013.3.6

十一年前の九月十一日。俺はサラリーマンだった。その日の夜は、翌日の業務について特に考えもせず、夜中までサッカーゲームをやっていたことを覚えている。ゲーム中に友人からメールが来て、テレビ点けろと、凄いことになってるぞと、何かとんでもない事件が起きたらしいことはわかったけれど、なぜかアイワのテレビデオのリモコンが見つからず、ゲーム専用チャンネルからアナログ放送に切り換えることができなくて、事態を把握することができなかった。散らかし放題の部屋の万年炬燵《こたつ》の上に居心地悪そうに設置されていたタンジェリンのiMacでもニュースのチェックを試みたけれど、当時は自宅に光回線など夢みたいな話で、電話回線を使っての接続だったために動画チェックなどできるはずもなく、その日は「明日にするわー」というようなメールを送って、寝た。

次の日、毎日乗っていた六時四十八分発の電車にいつも通り乗って、眠《ねみ》ぃなーマジで、と思いながら満員電車を乗り継いで会社へ行った。別にリモコンを探そうとも思わなかった。毎朝テレビを観る習慣はなかったし、何より起床から電車に飛び乗るまでの時間に余裕を持たせていなかったので、起きてすぐに歯を磨き、着替えて出発というような日々だった。なので、その日の朝も、リモコン？　知らんわという感じだった。何が起こったかについては会社に行ってからチェックすればいいかと思っていた。というよりも、晩のメールで事件の詳細を友人に確認していなかったので、特に深刻に受けとめていなかった。そんなことより満員電車をどうにかしてくれと、スシ詰めの快速特急の車内で思っていたかもしれない。克明に覚えていないくらい、普通の日だった。

そのあと、一体何で事件のあらましを知ったのかは定かではない。都合が悪いときの政治家や官僚風に言えば、記憶にない。俺の場合は脳の記憶野のスペックが著しく低いので、嘘や偽りなく覚えていない。ネットで動画を観たような記憶はある。が、それも怪しい。ビルが崩れるところだけはよく覚えている。飛行機が突っ込んだ映像も同時に観たので、「朝方のニュース」というふうに記憶していて、それが一体何時のニュースだったのかも覚えていない。もしかしたら、次の日の朝のニュースのことを取り違えて記憶しているのかもしれない。でも、なぜか、朝のニュースという印象が手前勝手にある。

そのあと、9・11を題材にした表現が日本でもそれなりに作られたわけだけど、当時の俺は気持ち悪いなーと思っていた。ろくに聴いてもいないのにネガティブな感想を勝手に抱き、それを居酒屋で吐き出したり、トイレで吐瀉《としゃ》したり、知らないオッサンに絡んだり、万年炬燵でリアルにぶつぶつ呟いたり、ネット上にそういうことを書き込んだことはただの一度もないけれど、はっきりとクソだと思っていた。どのように接続しているのかわからなかった。だってあれはテレビゲームみたいな映像じゃないか。どこにリアリティがあるんだ、どうやって自分のこととして感じれば良いのか俺はわからんわ、そんなことより、この牢獄のような電車をなんとかしてくれ、というか、まったく誰にも認めてもらえない俺の音楽をどうにかして誰かに知らせてくれ、そういった雑念で一杯だった。嫉妬だったのかSHITだったのか。世に放たれた作品たちがクソなのではなくて、俺がクソ野郎だったのは言うまでもない。

あれから十年以上の月日が経って、角度も形もまったく違う困難が日本で立ち上がった。俺はそれをまともに言葉にして歌っている。きっと、俺が当時思ったように、俺の表現をクソだと思う人もいるかもしれない。いて当然だと思う。当時の俺が思っていたように、脊髄反射みたいに綴るんじゃねーと思っている人がいるかもしれない。けれども、そんなものは覚悟のうえで、あれから一年と半年、今でも語るべき歌うべき言葉を探している。ボキャブラリーがない、と嘆いてはいられない。地図が大きすぎると言って逃げてるわけにはいかない。なぜなら、マップなんてないからだ。そもそも、俺がしているのはマッピングし直すという行為だから。そういうつもりで、綴っている。歌っている。鳴らしている。

そういう気概で鳴らした作品が店頭に届いて、誰かの耳に入る。そういう事実にドキドキしている。クソだとか言われたら凹《へこ》むなー、という気持ちと、それでも鳴らしたい作品なのだという決意が混ざっている。いつもは凹むほうの割合が高いのだけど、今回は決意のほうが強い。というか、ほとんど決意だけで作った楽曲だ。表現なんてそれでこそで、今までどんだけフワッとした気持ちで世間体を気にしてやってたんだよと、阿呆かと、そういう言葉を以前の自分に投げつけたいくらいだ。

世に出せて良かった。けれども、出して終わりではなくて、現実、何もはじまっていないような印象を社会全般からは受けるわけで、それは今でも悲しいし、憤っている。それでも、ロックンロールだけは、泥だらけの荒野からでも「オールライト（大丈夫）！」と鳴らすものなんだと思っている。何度でも。そういう表現だと思っている。新しいアルバム『ランドマーク』。書き直せ、地図を。

2012.9.11

楽曲について語ること

アルバム『ランドマーク』発売から一週間。まあ、作っている側とすれば、毎度最新アルバムは発売と同時にほとんどの国民を巻き込んだ現象のようになって数多《あまた》の雑誌の表紙を独占、連日さまざまなメディアで取り上げられ、メンバーは気を病み、遂には心の闇を緩和させるための新メンバーオーディションを行なった挙げ句十六人くらいのビッグバンドになってしまい、ステージでの立ち位置についてメンバー間での諍《いさか》いが勃発、それを解決すべくジャンケン大会や人気投票券付きＣＤの発売などを催して問題を解消させるも、その解消法の一つひとつが二番煎じであるにもかかわらずテレビ中継されるなどして人気に拍車、ライブでは熱狂的なファンの歓声がメンバー同士の会話が聞き取れないほどの音量になり、これが原因で人間関係が悪化、大正琴奏者の桜庭佳子さんを残して全メンバーが脱退、というほど売れたらどうしよう、そういう妄想を膨らませたりもするのだけど、そういうことにはならないものだなぁ。

そんな瞬間湯沸かし器のように話題にならなくとも（湯を沸かす能力は偉大だけど）、ゆっくりと染み込むように伝わってくれたら嬉しい。

思えば、『ファンクラブ』というアルバムを作っているとき、俺は『ソルファ』が売れたことによるストレス（主に「あんなのロックじゃねぇ」とか「〇〇のパクリ」とかいう言説を真に受け過ぎた）で精神をヤラレてしまって、いまに見てろよこの野郎と、地獄のようなメンタリティで私生活を送っていた。その頃、メンバーに向けてずっと語っていたのは、いますぐインスタントな評価を受けるものではなくて、即時的な一瞬の熱を伝えるものでもなくて、聴いてくれたひとの心の奥底をじんわりと温め続けるような、消えない小さな灯りのような、何十年もそれが続くような、そういうアルバムが作りたいということだった。それだけをずっとメンバーに話していたと思う。あまりに同じことを言い過ぎて、このあたりの時期からメンバーが俺の話をあまり聞かなくなり、飲み会にも誘われないようになったのだと思う。独りうらぶれた居酒屋の片隅で酎ハイを呷《あお》り、イカゲソなどのアテを齧《かじ》りながら、このアルバムを皆が愛してくれるならば、それこそ事務所が活動資金調達のために用意するようなファンクラブなどいらない、その行為自体を、このアルバムに集う想い自体を俺は『ファンクラブ』と呼ぶのだと、そう考えたのだった。

でも世の中はインスタント化に拍車がかかっていて、発売から一週間もすれば次の話題に移行してしまう。それに堪え得る傑作を作れというツッコミはあるだろうし、もちろん誰しもが目指すところかもしれないけれど、大きな枠組みが状況に合わせてトランスフォームしていくのは当たり前のことなので、作品性だけで抗いながら、即時的な熱量を表現するのはとても難しい。世の中の情報量も多い。どちらかといえば、この作品には熱があるのだと、時が過ぎても消えない何かを宿すことに俺は集中してしまう。それは地味な行為なんだと思う。わからないならそれで良いとも思う。聴いてほしいという気持ちはあるけれど、裏腹に理解してほしいという気持ちはまったくなくて、誰かが俺の書いた曲や歌詞に辿り着いて、そこに新しい感情や感覚が生まれたら御《おん》の字だと思う。

俺がAと書いたものをAだと受け取ってもらうということではなくて、何とも言えないけれど、勝手に読み取ってほしいと思う。ただ、傲慢かもしれないけれど、根っこにある言葉以前のフィーリングは伝わってほしいと思う。まあ、何かを「創って」ひとに聴かせたい読ませたい見せたいなどという行為は、程度の差こそあれどれもそういった傲慢さを含んでいるのだけれど。

『ランドマーク』というアルバムは、正真正銘のロックアルバムだと思う。今までのアルバムの中で最も尖っている。角がないように見えて、皮を一枚剝《は》げば鋭利な言葉の刺、血肉がある。俺がそういうことを書けたのは、メンバーが持っているポップネスによるところが大きい。彼らは優しい。だから、見るからにトゲトゲしいものにはならない。ドギツい言葉が、彼らのポップネスを隠《かく》れ蓑《みの》に躍動している。もちろん、俺もその言葉自体がドギツさだけをアピールしないようにさまざまな仕掛けをする。言い換えをする。そして、チャンネルを合わせてくれた人にはズシリと響くようになっている。刺に見えるように書いている。それでいて、その鋭利な果実の奥の奥、種を割って仁と呼ばれる部分には何を込めたか、ちゃんと伝わるように書けたと思っている。それが何かは、書いた本人として、言わないけれど。

皮を剝《む》き、実を食って、その奥。

2012.9.19

洋楽ファンのぼやき

Wilcoの来日公演が発表された。前回のZepp東京公演は実に七年ぶりのことだったので（本当に素晴らしかった！）、こうしてコンスタントに来日してくれるのは嬉しい。今後もアルバム毎に来日し続けてほしいと俺は切に思う。

日本での人気が海外でのそれに比べて著しく低い場合、欧米のロックバンドが来日しなくなってしまうというケースは少なくないように思う。グラミー賞など、アワードを獲得してギャラと動員が跳ね上がっているバンドが、キャパシティ千人規模の会場でライブをやるわけがないというのは当たり前のことだろう。それが極東の僻国《へきこく》だとすればなおさらだ。まあ、よほどの親日家だとか、そこまでいかなくても日本が好きだとか、サムライや忍者に会いたいだとか、京都もついでに観光してみようかしらんとか、あるいは日本人のグルーピーとやりたいだとか、そういうことがないかぎり易々とは日本に来ない。それは残念だけれど、仕方のないことだ。

でも、まあ、来日しない原因は本人たちにはなくて、正直なところ、エージェントが「日本に行ってもしょうがねえ！　俺の懐には一銭も入らねえ！」と考えているからだと俺は思う。人間は多様なので、あの黄色い猿の国に行ったってしょうがねえじゃん、観にくるヤツがいるわけねぇじゃん、と、アジアを蔑視しているエージェントもそこそこいるだろうし、日本に興味すら持っていないエージェントがいてもおかしくはない。ハイスクールで日系アメリカ人にいじめられてからというもの日本を忌み嫌っている、という人間がロックバンドの代理人になることだって、運が悪ければあるだろう。「だってアメリカでやったほうが儲かるじゃん」と率直にビジネスについて考えるのが彼らの仕事でもあるので、こちらがいかに熱望したとしても、心情だけではどうにもならないことがある。

バンドメンバーたちは、余程の飛行機嫌いとか、クソのようなレイシストだとか、そういう理由がないかぎりは海外での公演に興味はあるはずだ。俺がどう思っているかというのは比較対象にならないかもしれないけれど、たとえば、俺は遠く地球の裏側の南米の国にだって行ってみたいし、インドネシアとかフィリピンとか、俺たちのファンがいる場所へ、多少の赤字になっても行ってみたいと思っている。文化や風習の違う異国への興味もあるけれど、自分たちの作った音楽が国境や言語の壁を越えていくことは、やはりミュージシャン冥利《みょうり》につきる。とても嬉しいことなのだ。

だからまあ、好きなバンドが来日した場合には熱狂的に支持するしかない。ナノムゲン（アジカン主催のロックフェス）に出た欧米のミュージシャンたちのステージが、彼らのファンたちが想い描いているほどには盛り上がらなかった場合、決まって「この地蔵野郎！　盛り上がれよ！」と初見の人たちに怒っている人を見かけるのだけど、そういった憤怒はバンド側が気分を害してしばらく来てくれなくなるんじゃないかという気持ちと直結しているのだと思う。

気持ちはよくわかる。「盛り上がる」ってことに対する態度とか、文化とか、洋楽ファンのマナーが邦楽しか聴かない人たちには共有されていないという問題があるのだけれど、ナノムゲンは本来、そういう場所で新しい対流を起こすためのフェスでもある。新しい音楽や文化に出会うことが目的でもあるというか。来日したバンドたちは、いつも満足して帰っているので心配なく。そのあたりは、俺たちもひとりの音楽ファンなので、その目線から彼らをエスコートしているし。

最近では洋楽を聴かない人が増えたと聞く。たしかに、日本にも面白い音楽がたくさんあるし、音楽以外にも楽しいことがいろいろある。何より情報も作品も、たっぷりと世の中を還流しているような時代なので、それは仕方のないことだと思う。無理に聴けとは思わない。でも、欧米のロック音楽のファンとしては、日本での盛り上がりと海外での盛り上がりが乖離していくことには、残念というよりは、日本で観られなくなってしまうのではないかという危機感を強く持っている。正反対に、人と人の繋がりで来日してくれるバンドやアーティストも増えているのは事実だけれど。アンダーグラウンドなミュージシャンと超エンターテインメント系アーティストの中間くらいの、成功したインディロックバンドが最も日本に来づらくなるのではないかと想像している。自分が好きなジャンルの音楽なので、心配だ。

以上、洋楽ファンのボヤキ。

2012.10.24

フランスからチリに到着して二日目。ホテルに戻っていろいろな人の投稿を見るうちに、テロの現場が二〇一三年に訪れたバタクランというベニューであることを知った。SHIBUYA-AXのキャパシティをそのままにレトロな雰囲気に造り変えたような建物で、俺たちの初めてのパリ公演を行なった会場だった。貧困な想像力を飛び越えて、実際の光景としてバタクランの風景が脳内に残存していたので、大変にショックを受けた。あの思い出の、忘れられないベニューでと思うと、なんとも言えない気分になった。重い。

黙して祈るしかできない。

とても困難な時代であることがいろいろな場所で露呈されているわけだけれども、ある種の決定的な機会になりはしないかとビクビクしている自分がいる。事実、これから我々が欧州でツアーを行なうのならば、このようなテロの標的になる覚悟を、頭の片隅に入れておかなければならない。とても恐ろしいことだ。そして、これは西側の視点で、そのこともショックだ。自分が徹底的に欧米の側の視点に立っていることについても、もっと考えないといけないと感じた。

もちろん、ムスリムの全てがテロリストであるというような盲信に加担したくない。けれども、たとえば右に書いたような言葉を、圧倒的な切実さを持って発するには、自分と問題との距離が少し離れていて、どのような言葉を紡いでいいのかもわからない。なにか「正しい」ふうのことを書きつけても、空虚さだけが浮かび上がる。

今は、祈ることしかできない。でも、どこかで地続きの何かが、僕らの国で起きていることにもタッチしているはずだと思う。だから、途方もないと投げ捨てずに、途方に暮れることとも含めて考えることを放棄しないでいたい。

一休みして昼くらいに起床。飛行機の中からお腹を壊していたけれど、調子が少し良くなったので、ホテルのレストランでホームメイドとうたわれているトマトと牛肉のスープを飲んだ。ワンタンのようなヌードルとズッキーニなどの野菜のみじん切りが入っていて、お腹に優しい感じだった。五ミリ角の牛肉片もたっぷり入っていたけれども、それは五カケくらいにしておいた。とても美味しかった。

その後、十六時に集合して会場へ。ファンと対面するイベントに参加。最初はハイタッチか握手という説明だったけれども、せっかく高いチケットを買ってイベントに参加しているわけだから、ハイタッチや握手ではおかしいだろうと、サイン会に変更してもらった。二百人くらいの現地のファンと挨拶、そしてCDやTシャツなどにサインを行なった。

二十時過ぎから本番。会場には六千人（俺の感覚では）から八千人（キヨシが言うには）の観客が居り、とても驚いた。大変な歓声で迎えられ、なんとも信じられない音量の大合唱などを経て、Foo Fightersにでもなったような気分だった。ものすごく熱狂的なオーディエンスで本当に感動した。いつか海を越えたいという願望を宿したバンド名も、当時はアニソンなどと同業者から馬鹿にされた楽曲たちが、願い通りに生き生きと南米の地で鳴り響いたことも、とても誇らしかった。素晴らしい夜だった。スタッフや仲間たちと信念を貫いてきた成果だと思う。

終演後はホテルのレストランで魚介のスープを飲んだ。「チリの魚介は諦めるさね（静岡弁）」と医者は俺に忠告していたけれど、固形物を摂取しなければいいだろうと考えて、貝がたっぷり入った塩味のスープを飲み、建さんのビールを一口だけ舐《な》めさせてもらって就寝した。翌朝はブラジルに移動のため、四時に集合とのこと。

2015.11.14

8

ド阿呆でいいんだと思う

俺が書く曲は全曲ラブソングだ

誰かを腐すことは、とても簡単だ。でも、自分が動いてみることは、とても大変。音楽に政治的なメッセージが込められている必要なんてまったくない。どちらかというと、俺はそういう音楽は普段聴かない。いや、でも、そもそも政治的ってなんだろうって思う。いわゆる「政治的」な何かからもっとも遠く離れようという試みも、それを意識している時点でとても政治的だ。そう考えると、横目に捉えた時点でなんだって政治的な性質を持つわけで、つまり、スイッチをオン・オフするように政治的／非政治的だなんてラインは引きようもないということなんだと思う。

お前の音楽はどうなんだって？

俺の書く曲は全曲ラブソングだ。疑いようもない。他に意図があるとするならば、耳にした人に、ふと、立ち止まってほしいということ。そういうフックを用意するのはとても好きだと思う。でも、こうしろ！なんていうメッセージを込めたことはない。誰かの背中を押すような気持ちを込めることはあるけれども。そして、細部についてはここに書かない。書けはしない。MCで話せたりもしない。なぜなら、曲自体が雄弁だから。曲を聴いてもらえば、伝わると信じている。どんなに難しい言い回しを使おうとも、ちゃんと受け取ってくれる人がいることを信じて、俺は書いている。そして、それを歌っている。

2015.3.7

テレビ出演について――露出狂の詩《うた》

テレビ番組の収録に行ってきた。地上波にはなかなか出ない、というか、なるべくなら出たくないというのがメンバー全員の同意事項なので、アジカンはあまりテレビに出ない。でも、薄い知り合いに会ったりすると、音源を聴いていないからか「テレビで観てるよー」と言われて困惑してしまうことがある。心の中では「ほとんど出ないんだけどなぁ」と思っているんだけど、そういう印象を持っているのは先方なのであって、音源を聴いていないのだから特に述べるべき感想もないのだろうし、たまたま点けた画面に我々の新しい作品のCMなどが映るなどしたのかもしれない。そういう理由からの「テレビで観てるよー」かもしれない。でも、この情報化社会のなかで少しくらい興味を抱いていたならば「YouTubeで観たよー」「ツイッター炎上し過ぎだなー」などと言うだろうから、「テレビで観てるよー」は「なんかバッタリ会っちゃったからこうしてヘラヘラ笑って挨拶してるけど、お前の音楽にはまったく興味ないんじゃ、この三流野郎」と、そう思われているような妄想を抱いてしまう。いつものように考えすぎなのだけど、テレビに出て演奏してきてしまったのだから、こうした挨拶に傷ついて枕を濡らす夜は減ることだろう。

どうしてテレビに出たくないのかという質問をよく受ける。秋元康さんにも訊かれたことがある。理由はいろいろあるけれど、端的に言えば、別にそんなに顔（実像という意味で）を売りたいと思っていないところが大きい。私生活に支障が出る。たとえば、肛門などを痛打するなどして病院に行った場合、やっぱりどこか恥ずかしい。普段から芸名で活動していれば、そういう場面で「似てるけど違う」というような回避の方法もあるかもしれない。でも、俺は実名で表現活動をしているので、そういう場合の逃げ場がない。「テレビで観てますー」などと言われながら尻に軟膏《なんこう》を塗られる人間の気持ちを想像してみてほしい。無理だろう。というか、そういった自尊心の問題は心持ちひとつでどうにか片付くとしても、実生活で大して我々のことを好きでもないヤツにヘラヘラと「あれ、アジカンの眼鏡じゃねーｗｗｗ」と指をさされたり、何らかの倒錯した愛情でもって自宅を探すなどする方がいたりすると、大変に不快なのだ。音楽以外の部分で名前が売れても、良いことなんてこれっぽっちもない。と、俺は考えている。

テレビに出ることとは、世の中の無関心のど真ん中にホイッと放り出されるようなもので、関心がない場合にはこちらの想いについては想像しないわけで、一方的にブサイク、メガネチビゴリラ、奇天烈《きてれつ》の出来損ない、パンティー野郎、などという雑言のような渾名《あだな》を付けられ石を投げつけられるのは避けようがない。また、凄惨な事件の被害者の自宅に電話をかけるど阿呆が世の中には存在していて、そんなヤツに俺は俺を観てほしいという気持ちがまったくないし、関わり合いたくないとすら思う。これはあくまで一例だけど、そういった一方向なテレビの性質と、メディア自体が持つ大きな影響力を考えると、これはリスクしかないなと思うのだ。

お前らのようなある種人気商売を行なっているヤツらが何を偉そうに、と怒る人もいるかもしれない。けれども、苦手なものは苦手だし、恐ろしいものは恐ろしい。テレビマンやテレビ局が怖いのではなくて「何を偉そうに」と顔も名前も知らない人に怒られて、しかも其奴らは俺の顔も名前も知っているということの怖さ。こんなものははっきりと呪いでしかないと、そう考えているのだ。顔と名前を誰かに知られることは、冗談でもなんでもなくて、認証であるとともに呪いでもある。それが双方向ではないっていうのは、やっぱりすごく不気味なことだと思う。そして、そういう場所での振る舞いを、俺らが編集できないっていうのもまた怖さのひとつ。まあ、音楽を演奏するんならまだしも、好きなヘリコプターや理想の花嫁像、嫌いな肉の部位など、音楽と関係ないことを談笑する場面を誰かに観てほしいとはやっぱり思えないわけで、そういうことが知られていくと尻に軟膏を塗られているときにも「ゴッチさん、ヘリコプター好きなんですか？」と訊かれてしまって煩わしい。だから、やっぱりテレビはなるべく出たくないなと思う。それはラジオでも一緒じゃないかという意見はもっともらしいけれど、実像を伴った場合のパンチ力は桁違いなのだ。そういったリスクと情報発信力を天秤にかけて、必要性を感じたり、スタッフとの信頼関係の中でテレビ出演を引き受けることもあるけれど。

そうは言っても、お前らそんなに有名じゃねーだろ！　というツッコミがあるかもしれない。それは、本当にその通りでぐうの音《ね》も出ないけれど、このくらいの規模でも案外厄介な場面があるのだ。そういうリスクを受け入れてそんな仕事してんじゃねぇの？　腹をくくれよ、そういった苦言のひとつでもメールかツイッターで送信してやろうという方がいるかもしれない。俺らだって作った曲が名曲過ぎて世界的に大ヒット、それが原因で天才！　ヤバい！　もう金玉のシワまで見せて！　とパパラッチに追いかけられるような生活になってしまうならば、不快だけれどその状況は受け入れると思う。なぜなら、それは音楽が良かったってことだから仕方ないというか、天才過ぎてすみませんってヘラヘラすることもできようけれど、自分から進んで宣伝活動のためにテレビに出演して、結果巨大な呪いを受けるだなんていうのは阿呆の仕業でしかなくて、バランスを上手に取らないと、いろんな面でズタズタになってしまうというか、絶対に俺は精神を病んでしまう。文面からわかる通り、年中面倒くさいことばっかり考えているので。

できれば、音楽室に飾ってある音楽家の肖像、くらいの感じが良い。誰もがバッハを知っているけれど、街中でバッハに出会っても、バッハだとは誰も気付かない。絵だから。絵が実際のバッハと似てるのかどうかも定かではないし。俺は動くバッハを観たことないので。なんだ、この喩えは。

2012.9.18

「その日本語間違ってますよ」

たまにSNSなどで「その日本語間違ってますよ」と指摘してくる人がいる。

まあ、それ自体はなんとも思わないし、実際にこちらがおもいっきり間違った日本語をドヤ顔で使っていることもあるので、そういう場合は素直に勉強になりましたということで終わりになるのだけれども、この日は「煮詰まる」という言葉を巡って、俺は大人げなくもムキになってしまった。

俺は今朝方、新曲の録音を作業場で行なっていた。アコースティックギターを録り、ドラムのパターンを決め、ベースラインをいじくり、仮歌を唄って、その上にコーラスを重ねた。この時点でかなり良い感じの出来ではあったが、ここからがあまり上手くいかなかった。鍵盤ハーモニカやギター、シンセサイザーやオルガンなど、いろいろな楽器を重ねてグッグツグツグツやってみるもイマイチしっくり来ず、これはもうこのあたりで終わりだな、ちょっと寝かせてみようかな、そうだねカレーは翌朝が旨いものね、という脳内会議によって作業の中断が確定し、「煮詰まった」とツイートしたのだった。

そうしたら、「煮詰まった」の使い方間違ってますよ、というメッセージがやたら送られてきたので、ほうこれは誤用とあらば申し訳ない、確認のために辞書を引こうと『広辞苑第六版』を引いたのであった。そこにはこう書いてあった。

に–つま・る【煮詰まる】《自五》
①煮えて水分がなくなる。
②議論や考えなどが出つくして結論を出す段階になる。
③転じて、議論や考えなどがこれ以上発展せず、行きづまる。

間違ってないじゃないか。

ということで、俺は辞書に書いてありましたよとネット民に知らせた。「ああそうですか、そういう意味でも使われるようになったんですね、あーそれはそれは」ということで一件落着かと思いきや、「本来的な意味は②なので日本語としては誤用なのだ」や「詩を書いている人間なのにガッカリだ」「広辞苑にも間違ったことが書いてあるのか」などなど「ｗｗｗ」のようなアルファベット付きの返信を多数いただいて脳が沸騰し、熱々の汁になってしまった。
まあたとえば、「役不足」という言葉において不足しているものが勘違いされていると
いうような誤用や、慣用句や諺《ことわざ》の類の意味の取り違えだったら、素直に画面を前に土下座
して反省の意を表明しただろう。だが、今回の件は腑に落ちない。無茶クソ腑に落ちな
い。
どうしてか。それは、この言葉が比喩だからだ。②の段階で、すでに「転じて」と注釈
が入るべき言葉ではないか。辞書によっては、本当にそう書いてある。要するに、どこか
の段階で、鍋などがいい感じに煮詰まってきたことを物事の進捗状況に喩えて、合議など
の場で「いい感じの甘辛い佃煮《つくだに》みたいに煮詰まってきましたな、グへへ」という比喩を誰
かが使って、それが普及して今日に至っているわけだ。
「本来的な意味」としていうならば「煮えて水分がなくなる」の一択。なので、どこかの
誰かがグへへと大昔に普及させた比喩を全面的に正しいと断定されなければならない理由
が、俺にはわからない。鍋でも料理でも悪い方向に煮詰まることだってあるだろうに。煮
詰めてはいけない料理もある。この言葉は実際に、(この言葉の起源がいつなのかは知ら
ないが)時間をかけて、そこからさらに転じて「行き詰まる」と似た意味としても使われ
るようになって、すべてではないがいくつかの辞書にも載るようになったのだ。辞書だっ

て改訂されるのだ。使われないということで、削られて掲載されなくなってしまう古語などもある。というか、言葉は流動していく。「正しい日本語」とか簡単に言わないでほしい。「なんとかで候《そうろ》う」とか、普通に使っている人はいないだろう。

ここまで書いてだいぶ大人げないという意見もあると思う。俺も、そう思う。自分の親父が夜な夜な日記にこんなことを綴っていたらば、お父さん一杯行こうよと飲みに誘って「まあまあ」と瓶ビールをすすめただろう。だけれどもツイッターなどを介して、テレビで知ったのか授業で習ったのかは知らないが、したり顔で「間違ってる」の一点張りをされても困るし、よく考えずに「正しさ」みたいなものを振り回されても腹が立つ。そして、俺は性格が悪い（皆が知っているとおり）。

さぞかし良い辞書をお使いですね、という嫌味半分な言葉を脳内で俺に投げかけている人たちもたくさんいるだろう。俺が使っているのは、アプリの『広辞苑 第六版』とネットだ。ウィキペディアの類はあまり信用していない。ウソもたまに書いてあるというか、だいたいが俺についての情報が間違っているので、デタラメも時として載ってしまうのだと認識している。アプリの辞書は発想としてとても好きだ。なぜなら、改訂版が発行された場合に、アップデートすることで即座に新しいデータを使用できるからだ。持ち運びも楽。そういう意味では、辞書は最もネットやアプリと親和性があるものだと感じる。そして、俺はこれをかなりの頻度で使う。日記を書いているときにも、気になったらすぐに調べる。案外、言葉の意味をとらえずになんとなく使っていることが多いから。
「正しい日本語」ブームみたいな現象は、歴史の勉強にもなるし面白いと思う。でも、その「正しさ」みたいなものばかりを振りかざされても困る。千年後に、俺らが使っている現在の言葉が残っているとは限らない。使っていくなかで、変わってしまうのだ。そういう意味では「日本語の乱れ」みたいなものを感じて、これを嫌悪する人がいるのも理解できる。けれども、やっぱり言葉は変わっていくのだ。

2013.10.22

「東京と地方」の話じゃないんだ

ナノムゲンサーキットに参加してくれるceroのことを日記で紹介したらば、ちょっとした行き違いもあって、「東京と地方」に対するコンプレックスの話に飛躍してしまった。なんというか、それはまったくもって本意ではないというか、俺の言葉が足りなかったので、もう少し書きたいと思う。

俺が初めてceroを言葉で評したのは、こんな文章だった。

「田舎者の私からすると、彼らの音楽はとても都会的だし、現代的に映る。たとえば、情報鎖国みたいな地方の田舎町から出て来た私は、なけなしのバイト代で買った数枚のレコードを参考にエモーションを炸裂させるしか仕方がなかった。でも、彼らにはあらかじめ豊かなレコード棚と本棚が身近にあったのではないかと想像するし(予備知識なしで書いているので偏見かもしれませんが)、いろいろなジャンルの音楽や文学にも自由にアクセスできる情報網があったのだと思う。だからと言って、誰もがこんなに素晴らしいレコードを作れるというわけではないのだけれど、そういう要素（地理や世代や財産がもたらすアドバンテージ）が見事に結実しているので、素直に感嘆するしかないし、羨ましくも思う。もう本当に、清々しく嫉妬する」

この前の日記も、同じことを違う書き方で書いていると思う。

俺らの青春時代には（昭和五十一年生まれ）、インターネットが身近になかった。初めてiMacを買ったのは二十歳を過ぎてからだ。秋葉原でローンを組んで買って、電話回線でネットに接続していた。それでもそこからずいぶんと接する音楽の幅が広がって、同じような趣味を持つ人たちとも出会えたし、情報交換ができるようになった。それはもう画期的なことだった。回線の速度はクソ遅かったけれど。はっきりと革命だった、俺にとって。

ネット以前は、知っていること自体がアドバンテージだった。今でこそ、どこからでも似たようなライブラリに辿り着くことが可能になったけれど。YouTubeだって、なんだってある。でも、当時は情報を得ること自体が、そもそも大変だった。「お前は知らなくていい」と言われることもあった。つまり、俺がコンプレックスを持っているのは、「東京」なのではなくて、若い頃に「豊かなライブラリに接する機会」を持っていなかったことなんだよね。そういうコミュニティに属してなかった。それはもちろん、環境のせいだけではなくて、俺の問題でもあるんだけど、それでも物理的な制限はあったと思う。そういうことを言葉にすると、「東京と地方」みたいな話に回収されがちなことはわかるんだけど、ちょっと主題が違うんだ。

とても豊かな音楽だと思ったの。それはもう悔しいくらい。理想郷だって前の日記に書いたのは、「都会」のことではなくて、この豊かさ（ネット由来ではない）について。HIP HOPもポップスも、ポエトリー・リーディングも、サンプリングやカットアップやコラージュ、あるいは文学も、いろいろな要素が混ざっているんだけれど（俺が感じ得ない何かかも）、その編み方が素晴らしいと思った。すごい！　って思ったんだ。俺はレコメンド記事で、心が折れかけるほど衝撃を受けたことを告白してる。彼らが（俺の想像では）知的なライブラリに接続する機会を持っていただろうこと、そして、それを土台に創作されたアウトプットが素晴らしいこと（これは彼らの技術だ）、それに感動したんだよね、素直に。

そして、これはすごい時代が来るんだなって思った。全部混ざると。そういう人たちが出てきたと。あー、ゼロ年代は終わるわーって思ったの。俺たちは過去の世代にされちゃうなって。一点突破ではなくて、何て言えばいいんだろう、編む力っていうのかな、もう何もかも出尽くしたなんて言われる時代でも、こうやって新しい組み合わせと感性、そしてイマジネーションで面白い音楽を作る人たちがいるっていうこと。そして、これからはデジタルネイティブって人たちがどんどん出てくるわけでしょう。誰しもceroのように表現できるわけではないけれど、もはや、俺が持っていたような「蚊帳《かや》の外」というようなコンプレックスを持たなくていい時代になったわけだよね。

そういうわくわくを、ceroから先取りして感じたというか。そういう驚きだったんだ。発明のような、新しいフィーリングだと思った。そして、このバンドに続くように、いろいろなバンドや音楽が現れたらすごくなるなぁと思った。リスナーとして楽しくなるなって。

まあ、俺が自分を田舎者って強調するのが悪いんだけど。田舎ってことより、知的ではないってことが、俺のそもそものコンプレックスなのだ。あの本を若い頃に読んどけば良かった！　聴いとけば良かった！　ということばっかり。で、それを環境のせいにしている俺もたしかにずるい。お前の興味がそこに辿り着かなかっただけじゃねえかと言われれば、そうとも言える。でも、実家に『○○○文学全集』とか、そういう本があったら良かったなぁなんて、そんなことも思ったりするわけ。両親のことを悪く言いたいわけではないよ。いただきものは音楽や文学だけじゃないから、恵まれていたこともたくさんある。もちろん、感謝している。俺が後天的に音楽とか文学に興味を持って、その結果としてないものねだりをしているだけなので。

俺らの頃の話に戻すと、知ってる奴らはだいたい偉そうだったんだ。スノビッシュだった。クソ嫌みだった。これも俺のコンプレックスによって増大された偏見だけれども。それに引き換え、彼らにはそういったところがないように感じる。それはあくまで音楽を聴いての感想だけれど。そういうところが、俺は素敵だなって思う。「これわかんないの？」ってところがない音楽だと思ったんだ。開かれているというか。

なんか、バランスを欠いて褒めちぎっているようになってしまったかな。こういうの、本人たちは迷惑かもしれない。でも、俺は今回の日記をリライトしたかった。で、結局のところは、俺がどんなことを書こうとも、彼らの音楽を聴いて皆が判断すれば良いと思う。というか、そういうものだよね、何かを読んだり聴いたりするってことは。アイツの言ってることとまったくわからんわ、っていうのもアリなわけで。

話は逸《そ》れるけれど、東京出身の友だちからこんな内容のメールが来た。「東京出身ってだけで逆差別を受けることが多いのも事実だ」と。そして「自分は東京で活躍する地方出身者の、彼らにしか持ち得ないパワーと、故郷を自分のものとして語れることに対するコンプレックスがあるんだ」とも、彼は言っていた。「生まれたときから多数側（広い意味での東京）にいて、それを言われても何も言えない」と。

これは「東京モンにはわかるまい」というステレオタイプな田舎からの視点に対して、「東京」が彼らの故郷であることよりも記号としての、象徴や比喩としての「東京」って部分が肥大しているって話だよね。俺も、たまに無神経に「東京は」って語ってしまうことがあるから、反省しないといけないことだけど。

追記までして上手にまとまった感がないけれど、読んでくれてありがとう。

今までは面白い人が相対的に大都市に集まっていたから、面白いものが都会からでてきたけれど、SNSの登場によって、ボーダレスな場所と、その意味がどんどん変わっていくことは間違いないと思う。逆に、ローカルなものが面白くなってくるかもしれない。どこからでも同じものに接続できるならば、逆転することもあると思う。そういう意味では、東京ローカルって考え方もあると俺は感じている。そして、結局はその人がどうなのかってことが、浮き立ってくると思う。

2013.5.17

文楽と愛国

「愛国」という言葉がネット上に躍るようになって久しいけれど、国を愛するってどういうことなんだろうか。

たとえば、外国の政府や外国人にルサンチマンをぶつけることは、愛国ではないと思う。少なくとも俺にとってはそうだ(俺は中国政府が嫌いだけれど、愛国とは関係がない)。俺はこの国やこの土地に育まれてきた文化と、もっと接続したい。俺らが知らないだけで、伝統的な文化はいろいろな場所にあるんだと思う。いろいろな町のお祭りだってそうだろう。そうやって、自分たちの国の文化について学ぶことは(もちろん、その歴史についても)、「愛国」だと思う。

たとえば、義太夫の節回しや三味線は本当の意味で「邦楽」と呼べるけれど、接続できる人はどれくらいいるんだろう。明治維新によって、日本の音楽はドレミファソラシド、つまり平均律で教育されるようになった。それによって断たれてしまった「邦楽」との繋がりがたしかにあって、それをどうにかして取り戻してみたいと、俺は思う。

ロックンロールという外国からやってきた音楽を俺はやっているわけだけど、何年か前に、このまま外国の音楽の真似事だけをし続けるのは嫌だと思った。でも、ロックンロールは「英語」みたいなもので、もはや世界共通の言語でもある。だから、どうやって自分たちの育んだものを流し込むのかということが、世界に出て行くためのアドバンテージになるような気がする。だけど、どう考えても、歌謡曲や演歌以外に、俺たちが普段から接続している邦楽はなかった（小学生のときにお祭りの太鼓を習ったりしたことがあるけれど）。それではいけないというか、心もとないと思った。俺は本当に日本人なんだろうか？　っていう、文化の面からみた根無し草感が立ち上がる。まあ、そんなことを意識する人は少ないと思うけれど。

俺はもっと日本のことが知りたい。それは、音楽のことだけではない。ある日突然、この国が出来上がったわけではなくて、時間をかけて、現在があるのだから。たとえばアイヌの文化や縄文文化に興味を持ったのは、そういう流れからでもある。

もっと知りたいと思う。学びたい。世界に出たときに胸を張って鳴らしたり、話したりしたいから。

2013.5.27

大相撲を殺さないで

大相撲はスポーツではないと俺は思っている。厳密に言うと、スポーツ性はあっても完全なスポーツではないということだ。

たとえば、相撲「道」という言葉でわかる通り、武道の性質を持っている。現在の柔道がスポーツ化されてポイント制になり、ブルーの柔道着になってしまったことを思えば、大相撲のスポーツ化とはどういうことなのか、少しは想像がつくのではないだろうか。柔道の話に戻せば、世界的にはスポーツへと変化してしまっても、日本各地の柔道場で「礼儀」を重点的に教えていることは変わっていないと想像する。

そして、大相撲は神事だと言われている。五穀豊穣や天下太平を願った儀式の性質も持っている。要は祭りなのだ。土俵場には厳《おごそ》かな空気も存在するが、観ている側は酒を飲むなどして騒いでいる。そのくせ、正々堂々としていない取り組みや立ち合いには「卑怯者！」という野次が飛ぶこともある。そういった、なんとも雑多な空気も魅力なのだ。

また、見せ物の側面もあると思う。巨漢の男たちが半裸でぶつかり合うのだから、非日常的な感触が多分にある。いや、むしろ非日常の塊なのだ。はっきり言えば、この非日常性が俺にとって一番の魅力だといっても言い過ぎではない。世の中のロックファンがミック・ジャガーに、キース・リチャーズに、ボブ・ディランに、ギャラガー兄弟に、ライブ会場の非日常にブッ飛ばされるのを望むのと同じだ。

テレビで観ているときには、そのスポーツ性（主に勝敗や技術の部分について）を楽しんでいるところもあるけれど、やはり西洋的な「スポーツ」ではない「道」の精神を頭の真ん中に据えて楽しんでいる。勝ち負けではないところに面白さがたくさんある。

大相撲には、どれだけ書いても、その魅力に迫れないというか、うまく言語化できない部分がある。そういうところが魅力でもあるのでややこしい。

それをマスコミが追いかけて、極めて現代的な潔癖性と他罰的な態度で記事にしてしまうから、ひとりのファンとしてはたまったものではない。スポーツの物差しだけで推し量るのは無粋だと思う。俺もそれほどわかっていないのかもしれないけれど、わかろうとする気がないなら大相撲のことは放っておいてくれと思う。

東洋のものを、西洋の物差しで測らないでくれよとも思う。

ここはアメリカでもヨーロッパでもない。

大相撲を殺さないで。

2012.3.23

回復、そして白鵬愛

借金取りから追われているマッサージ師のオバハンから邪なるエネルギーをもらって、福岡公演後から体調不良でイボイノシシのように寝込んでいたのだけれど、ようやく立てるようになった。久々に鏡を覗き込むと、髭《ひげ》がすっかり伸びて、ヒゲイノシシのような風体であった。

そして、ダウンしている間に白鵬が優勝していた。おめでとう。俺の一番好きな力士だ。横綱になったときは名古屋まで土俵入りを観に行った。そのくらいファンなのだ。何やら、会見拒否などによって、白鵬がおもしろおかしくニュースにされていて腹立たしいが、彼はここ数年の苦境と呼ぶべき状況の大相撲を支えた立役者だ。朝青龍が去って、問題が山積みの大相撲を支え続けたのは、他ならぬ白鵬だ。これは揺るがない。モンゴル人だけれども、この人より横綱らしい横綱はいないと俺は思っている。大きくて、強くて、しなやかだ。記録の上でも大横綱だから、改めて俺が言うまでもないことだけれども。

遠藤の登場には興奮しているし、稀勢《きせ》の里にも、豪栄道にも、栃煌山《とちおうざん》にも期待している。強い日本人力士が観たいという気持ちは俺の中にもある。だからといって、諸外国から来ている力士を応援していないというわけではない。横綱三人はモンゴル人だけれども、俺は彼らの相撲がよければ楽しいし、面白くなければ「なんだかな」と思う。ロシアからやってきた力士たちがサーカスみたいな変わった立ち合いを繰り返していた時期は、実際に面白くなかった。叩き込んでばかりの力士が大嫌いだった。ただ、それは相撲内容に対しての憤怒であって、どこの国の出身かについては本来関係のないことだ。もちろん、エジプトの大砂嵐とか、チェコの隆の山とか、出身地が広げる物語性もあるので（日本のご当地力士だって、同じ物語が駆動している）、俺はそれ自体も楽しむけれど。

俺はまた平成二十年初場所千秋楽の白鵬対朝青龍のような大一番を観てみたい。それだけ。白鵬をずっと応援している。

2014.5.28

補記

今考えていて
まだ考えつづけていること

憲法9条のこと——お詫び

「徴兵制はデマなんだよ！　ド阿呆！」というツイートをたくさんではないけれど、少なからずいただきました。たしかに、「徴兵制」という言葉の選択にはこちらの感情的な部分も乗っているので、反省します。ただ、アホだとかカスだとか言われても、依然として直感的に「怖いな」と思える匂いを感じます。

なぜか。まずは自民党の『日本国憲法改正草案』では、自衛隊が国防軍に改称されて、軍隊として位置づけられます（ちなみに、朝鮮戦争時にアメリカの再軍備要請によって発足したのが警察予備隊で、それが現在の自衛隊だと認識しています。そして、「自衛隊」は強《したた》かな発明品のようなものだと僕は考えています）。

現在の9条は書き換えられて、「国権の発動としての戦争」は放棄されていますが、自衛権の発動、つまり交戦権が明記されます。第9条の3、には、「国民と協力して」という文言があります。これについては後ほど、書きます。そして、集団的自衛権の行使も議論するということを各候補が言っていましたよね。これが認められると、仮に同盟国のアメリカが戦争をはじめた場合、非戦闘地域での補給活動などという例外を作らなくても、大概の場所には行けることになりますよね。

テロとの闘い、という理由で武装地域に行かなければならないこともあるかもしれません。国防軍として、制裁活動（攻撃も含みます）にも参加できると憲法改正案の資料には明記されています。もちろん、派遣するかしないかは時の政府の判断です。アメリカの圧に屈しなければ、という前置きが必要かもしれませんが。

「ちょ、徴兵制のちょの字もねぇ！　やっぱりお前はカスだな」という声が聞こえます。ですが、すみません。続けます。

次に自民党マニフェスト。教育の項目で、「大学9月入学を促進し、高校卒業から入学までのギャップターム（半年間）などを活用した大学生の体験活動の必修化」と書いてあります。

この「体験活動」にはさまざまな福祉や農業やNGOなども含まれますが、同時に自衛隊での活動も含まれています。というか、憲法を改正するならば国防軍ですよね。選択制ならば兵役＝徴兵制ではない、という主張もわかります。でも、何かしらの活動を必修化するということが、書いてあります。大学生限定ですが。

続けて自民党の『日本国憲法改正草案Q&A』に移ります。前述した9条の3の解説のところですね、そこにはこうあります。

《党内議論の中では、「国民の『国を守る義務』

について規定すべきではないか。」という意見が多く出されました。しかし、仮にそうした規定を置いたときに「国を守る義務」の具体的な内容として、徴兵制について問われることになるので、憲法上規定を置くことは困難であると考えました》

党内では、国民には国を守る義務があるという意見が多いということです。国が国民を守るのか、国民が国を守るのか、というのは難しい問いかもしれません。特に人権が絡むと、難しいですよね。国民の前に人間であると、そう考えると、人間と国家の関係はとても難しい。僕はそう思います。ここでは、「徴兵制」という言葉が出ました。これは否定のための文章にも読めますが、なんとも言えない違和感が僕にはあります。気のせいですかね。そして続く文言にはこうあります。

《そこで、前文において「国を自ら守る」と抽象的に規定するとともに、9条の3として、国が「国民と協力して」領土等を守ることを規定したところです》

僕はさらに違和感が増しましたけれど、読み間違いでしょうか。抽象的ですが規定しましたと、そう読めます。僕の国語力が拙《つたな》いようでしたらお詫びします。そして、本文にはそれに続く文言もありますので、詳しくは自民党の憲法改正案のPDFをお読みください。自民党のホームページからダウンロードできます。

先に、ややこしいのは人権だと書きましたが、続くQ13（増補版ではQ14）にはこうあります。

《現行憲法の規定の中には、西欧の天賦人権説に基づいて規定されていると思われるものが散見されることから、こうした規定は改める必要があると考えました》

天賦人権論というのは、すべての人間は生まれながらにして自由・平等の生活を享受する権利を持つという思想です。アメリカ独立宣言やフランス人権宣言にも明文化されています。それを改めるということがどういうことなのか、僕にはあまり良く理解できません。人権は国が規定するということでしょうか。

だとすれば、恐ろしいですね。一体、どういう意味なのでしょう。ただ、「基本的人権は侵すことのできない永久の権利」だとQ＆Aでは回答されています。憲法改正案では、「この憲法が国民に保障する基本的人権は」と前置きされていますので、憲法がどう規定しているのかが問題ですよね。天賦でないと規定されているのならば、人権は天賦のものではない、その上で侵されないのだと俺には読める。

その後の、12条、13条では「公共の福祉」の「福祉」がわかりにくいということで、「公益及び公の秩序」に書き換えられました。ここは過剰反応だという意見もあるかもしれません。ただ「公共の福祉」の場合は「人権vs.人権」という構造に陥ってしまうという指摘があるそうです。「公共の福祉」は「社会構成員全体の共通の利益」だと広辞苑に書いてあります。人権を掲げて何でもやっていいというわけではないということですね。そんなの当たり前だと思うんです。知る権利がある！と言って他人の家に勝手にあがってはいけないように。「秩序」は「物事の条理。物事の正しい順序・筋道」という意味ですね。これもよくわからないのですが、どうでしょうか。ただ、秩序を規定するのは権力の側じゃないかと思うんです。「秩序罰」だなんていう言葉があるくらいですから。

長い。こんな長文、誰が読むんだろう。しかもミュージシャンの日記なのに。ヤバい。でもせっかくなので続けます。

そして、第100条の憲法改正について、両議員の3分の2以上の賛成による国会議決を「過半数」に変更して、国民投票や選挙の際に行なわれる投票の過半数を「有効投票の過半数」へと変えるのだと書いてあります。

現行憲法の改正のしづらさと、憲法改正の是非については、もちろん広く議論されるべきだということを前置いても、かなり改正へのハードルが下がりますよね。政権与党が圧倒的な支持を受けているような状況ではどうなるでしょうか。あまり持ち出したくはないのですが、戦前のような状態にならないとは限らないですよね。既成政党ではなくて、新しい勢力が台頭して来た場合、乱用されないとも限らない、と僕は思います。読み方＝解釈です。憲法を読むのが自民党だとは限らない。もちろん、国民投票という防波堤はありますが、どうなんでしょう。

法律学者のたきもとしげこさんは、「NO NUKE 2013」にこのようなコメントを寄せています。

《皆さんは、憲法が、その生死を確認し、死せるものは蘇生させなければいけない、いわば「生き物」であることをご存知でしょうか。

その昔、ドイツで社会権について初めて規定した先進的なワイマール憲法が、突然殺され、無効化されたのです。1933年3月23日のことです。

その理由は、合法的な選挙によって政権を握ったナチスによって、全権委任法が制定されたことにあります。これは緊急事態の宣言さえすれば、国会での議論を経ることなく、内閣が単独で自由に立法権を行使できるという法律でした。

その後、ドイツ国内では様々な非人道的な所業が合法化され、さらには全世界を巻き込んだ前世紀の最終戦争へと発展していったのです。

今現在、自民党は憲法「改正」と称する案を公表しました。

その「改正」案99条には次のような文言がみられます。

「緊急事態の宣言が発せられたときは、法律の定めるところにより、内閣は法律と同一の効力を有する政令を制定することができる（後略）」

これはまさに、全権委任法と同じ効果を持つ、恐るべき案です。

この憲法「改正」案の理念のもと、自由権

は「公の秩序」という名目で制限され、自由を守るための統治機構ではなく、統治機構に奉仕する自由へと、私たちの人権は変質されていくでしょう。

戦争を知らない私たちは、一見平和と見える「戦前」に生きているかも知れない。

政治家の皆さん、今一度、政治を志された初心に立ち返り、党利党略を越えた高い理想を掲げ直してください。

有権者の皆さん、ご自分が選ぼうとしている政党や候補者の掲げる政策を、もう一度しっかりと吟味し直してください。

私たちが解決しなければならない問題は山積しています。

しかしそれは、世界平和と調和の中で、必ずや解決できるはずのものなのです。》

徴兵制を検討しているのかと問われれば、「していない」と自民党は公式に回答しています。ですから、僕がそういう印象を与えるようなツイート／リツイートをしたことについては、率直にお詫びします。

そして、この記事は僕の責任で書いていますが、僕の解釈自体が妄想かもしれないですし、誤読があるかもしれませんので、影響はされず（ミュージシャンが何言ってんだっていう意見は、本当にもっともだと思うし、偶像化しないでほしいとも思います）、それぞれ原文や資料を読んでみてください。

僕の信条によるバイアスも完全には否定できません。ただ、茶化したいわけでもないし、尖閣諸島や竹島など、領土の問題がここ数年で立ち上がってきたという状況も理解しています。あっちが立てばこっちが立たず、というように、中国とアメリカに挟まれた難しい立地であることを想像したうえで、本当の知性というものを、日本の政治家は他国に見せつけてやってほしいと期待します。ミサイルを撃たなくてもいいようにするのが政治であり外交だと僕は考えている（願っている）ので。日本にしかできない、オルタナティブな発想を望みます。

また、「正しい」とされていることの中に、将来間違ったことを生み出す種が含まれていないことを願います。一切が僕の妄想であってほしいと思います。それならば、何の問題もないことなので。

で、こういうことを語り合う場合、ボケ！とかカス！とかお花畑！とか、そういった言葉でやり合わないでほしいと望みます。もちろん、人格否定なども含みます。そして、無用に他国民を排斥しろと発言する方々については、はっきりとレイシズムだと思うので、そういった発言はやめてください。

最後に、何よりも原発事故を含む被災地の復興を強力に推し進めてくれることを、新政権だけではなくて、政治家の皆さん全員に期待します。頑張ってほしいです。

追伸。胃がキリキリする緊張感の中でこれを書きました。「いい」国であってほしいと思います。胸を張って、「日本人です！」と言いながら、世界のどこへでも行けますように。

2012.12.18

「読む」ことについて

「読める」ということはけっこうヤバい。法案にしろ、改憲案にしろ、「こう読める」というのは恐ろしいことなのだ。現政権が正しく運用したとしても、彼らへの支持が未来永劫続くわけではない。ある特定の政治勢力が政権を握ったとしたらどうだろうか。その場合、「読める」ということは、それに則して運用できる／運用されるということだ。本当に恐ろしいのはそれだ。つまり、現政権が「ナチス的」なのではなくて、通した法案や改憲案が「ナチス的」なるものの登場を担保してしまう可能性があるのだということだ。ここが「読める」ことの恐ろしさだ。

と、前に散々ネット上のまとめサイトなどで変に煽《あお》られた「改憲案についての日記」に書いたつもりだったんだけどね。そうは読んでくれない人たちもいる。これははっきりと読解力がないからだと思う。

一方で、とんでもなく恣意的な読み方ができる頭の良い人たちもいる。きっとエリートだろう。そういう人たちが台頭し権力を持つことが恐ろしいのだ。気づいたときでは、遅い。それはもう何も言えない空気が作り出された後だろう。監視され、監視し合う社会が出来上がった後だろう。だから、いつでも芽を摘んでおくべきなのだ。

たとえば、憲法第9条を「読んで」、我々の国は自衛隊という組織を持っている。これはそう「読んだ」からだ。はっきり言えば矛盾している部分もある。だけれども、そう「読んだ」。このことの大きさを考えてみてほしい（ときに素晴らしさでもある）。是非の話をしているのではなくて、これは「読んだ」ということに対しての話だ。現行憲法でここまで読めるのならば、憲法を改正したとして、それを後の、まだ僕らが会ったこともない勢力がどう「読む」のか。それはわからない。だから、「読めて」はいけない。人権よりも義務が先だなんて「読める」ことの恐ろしさを思う。読むってことは、とても難しい。書くってことも同じ。そんなことを考えた師走の前日。

2013.11.30

解釈改憲になぜ反対なのか

まずは、日本国憲法の「第二章　戦争の放棄」の条文を明記します。

《第九条【戦争の放棄、戦力及び交戦権の否認】

① 日本国民は、正義と秩序を基調とする国際平和を誠実に希求し、国権の発動たる戦争と、武力による威嚇又は武力の行使は、国際紛争を解決する手段としては、永久にこれを放棄する。

② 前項の目的を達するため、陸海空軍その他の戦力は、これを保持しない。国の交戦権は、これを認めない。》

一九七二年の政府見解では「集団的自衛権を有していることは、主権国家である以上、当然といわなければならない」とされており、「しかしながら、だからといって、平和主義をその基本原則とする憲法が、右にいう自衛のための措置を無制限に認めているとは解されないのであって、それは、あくまで外国の武力攻撃によって国民の生命、自由及び幸福追求の権利が根底からくつがえされるという急迫、不正の事態に対処し、国民のこれらの権利を守るための止《や》むを得ない措置としてはじめて容認されるものであるから、その措置は、右の事態を排除するためとられるべき必要最少限度の範囲にとどまるべきものである。そうだとすれば、わが憲法の下で武力行使を行なうことが許されるのは、わが国に対する急迫、不正の侵害に対処する場合に限られるのであって、したがって、他国に加えられた武力攻撃を阻止することをその内容とするいわゆる集団的自衛権の行使は、憲法上許されないといわざるを得ない」という文章で結ばれています。

これがこれまでの憲法解釈だと僕は理解しています。

インド洋でのアメリカ軍への給油活動、イラク戦争における復興支援での自衛隊サマーワ駐留もこの解釈の範囲内という説明でした。日本国憲法第9条を読む限りでは、はっきり言えば武力行為そのものができないと書いてあります。文章としては、それ以外に読みようが、ない。

だけれども、それでは主権国家として危ういのではないかということで、自衛権は有しているのだと「読んで」、戦力だけれども、七十年間の間に一度も他国と戦争をしていないという強烈な事実が自衛隊をギリギリのフィクションとして成り立たせていると僕は考えています。

「外国から見れば軍隊だ」と言う人もいますが、「いや、それはアナタたちの国に自衛隊を訳すに相応《ふさわ》しい言葉がないだけです」と返すこともできます。屁理屈だと言う人がいるかもしれないけれど、とても深い知恵だと僕は思います。だって、誰も殺してないんですよ。ものすごくラディカルな存在です。僕たちの先人が必死になって外国語を日本語に翻訳したように（たとえば哲学用語の数々だとか、経済用語だとか）、彼らも自衛隊に合うような言葉を考えれば良いんだと思います。そう言ってやればいい。でも、これ、自分で言うのもなんですが、屁理屈の一歩手前ですよね。

　そして、この自衛隊がはっきりと憲法に書いてある内容を越えて、集団的自衛権という名のもとに他国（アメリカでしょうけれど）の戦争に参加できます、ということを安倍政権は憲法の解釈を変えて認めることにしました。上記の「憲法上許されないといわざるを得ない」を取り払うということですね。

　で、僕はこれに反対です。憲法に、そうは書いてないからです。

　書いてないのに、それが認められるということは、憲法は時の政府によって解釈の変更が可能ということになってしまいます。頭に来る、というよりは恐ろしいと僕は思います。で、何かあったときには「特定秘密」として、有事の情報自体を僕ら一般市民は知ることができない可能性が高くなりました。ますます、恐ろしいですよね。そんなこと考えるのは僕だけでしょうか。

　本来ならば、憲法を改正しなければ実現しないことですよね。なのに、そうは読めないのに、読める、ということにする……。いや、まったく読めないですよ。何百回読んだってそんなこと書いてないんです、憲法には。

こんなことが許されていいのか！　と、僕は思うんです。

「明日にも戦争に参加するみたいなこと言うな！」という論調には同意しますが、こんなにも急いで、集団的自衛権の行使を憲法改正抜きで認めるのはどうしてでしょうか。「急迫、不正の事態」が近づいているのでしょうか。だとすると、「明日にでも戦争に参加するかもしれない」というロジックが成り立ってしまいます。もっとゆっくり議論することはできないのでしょうか。

驚いたのは、七一年からハワイ周辺海域でリムパックという海軍の合同演習が行なわれていて、中国軍も米軍も参加していることです。大国同士の経済的な結びつきを考えると、やっぱり「急迫、不正の事態」が何を指していて、どうして「〝集団的〟自衛権」がいま必要なのか、僕にはまったく理解できないのです。教えてほしいです。北朝鮮やロシアについての危惧なのでしょうか。外交活動でなんとかする猶予もない事態に直面している、ということなのでしょうか。想像を絶します。

賛成する理由が、僕にはどこにもないのです。反対する理由しか見当たらない。

二〇〇七年。第一次安倍内閣の頃、僕はペシャワール会の中村哲医師のインタビューを読んで感銘を受けました。氏はアフガニスタンでの医療支援や用水路建設などの活動をされています。以下、中村氏のインタビューから引用します。

《日本への信頼感は兵隊を送っていない、というギリギリのところで保たれています》
《我々がアフガニスタンで活動できるのは平和主義に支えられているからこそです》

当時の混迷するアフガニスタンでは、米軍が駐留することによって逆に治安が悪くなっているのだと中村氏は話します。そして、日本のイージス艦がペルシャ湾まで来たときには危なかった、と。自衛隊がアフガニスタンに入ってくるならば、我々は出ていくしかないとも語っています。氏のインタビューで、アメリカとの同盟関係が日本人の命を危険にさらすこともあるのだと知りました。しかも、長年にわたって援助活動をし、住民に感謝されていたNGOまで巻き込まれてしまうんだと……。いろいろ考えさせられました。

だいぶん、話が飛躍しましたね。

一方で、こういった状況を担保しているのは他ならぬ我々国民ですね。たしかに、自民党は選挙に圧勝しました。だからと言って憲法を勝手に読みかえていいわけがない。そうは書いてないんですから。これは憲法を軽視していることなんです。国民が権力を縛るためにあるのが憲法ですが、権力の側が憲法を守っていないということなんです。国民の了承、正しい手順を踏まずに解釈だけ変更してはいけないんです。皆さんがよく知っているとおり、衆議院や参議院の選挙で憲法を直接変えることはできません。

《第九十九条【憲法尊重擁護の義務】
天皇又は摂政及び国務大臣、国会議員、裁判官その他の公務員は、この憲法を尊重し擁護する義務を負ふ。》

だから、おかしいんですよ、いま起きていることは。とても、シンプルなんです。集団的自衛権の前に「憲法を遵守せよ！」ということです。

2014.7.1

エピローグ　自由について

自由という言葉はとっても難しい。

個人の自由が際限なくどこまでも延長されるような社会は、はっきり言って人々がケモノのように奪い合う状態なのかもわからない。一方で、そういうことは流れでいい感じに調和されていくのであるという考え方もあるけれども、人間がそんなに高尚な生き物だと俺は思えない。

で、まあ、自由なんていうものは昔から自明のようにあったわけではなくて、先人たちがいろいろなタイミングでさまざまな抑圧を排除する努力をし、その努力によって獲得され、現代を生きる我々も自由という概念の恩恵を受けて生活を営んでいるわけだから、自由なんてあるかいボケと言って放棄してしまうのはもったいないというよりは、先人に失礼だと思う。

ただ、この自由というやつは面倒で、時代によってアップデートが必要なのだ。

時には権力からの抑圧によって押し戻されてしまうこともあるだろうし、自由の名の下に誰かの自由を著しく奪ってしまうなんてこともあったりする。そのために法があって、自由と自由が衝突した場合について事前に取り決めておく必要がある。我々の自由はこの法の下で平等なのだ。その法もアップデートが必要なんだけれども。

表現は自由だ、ということを俺はあまり考えたことがない。

どうしてだろう。うーむ。というのも、俺は表現をするときにはいつも、ある種の緊張感を持っている。誰よりも、自分がまずは自分の作品を批評するので、そういうときには自由と正反対の向きの葛藤が起こる。それってどうなんですかと、誰よりも自分に問われる。問いには責任のような性質も含まれていて、たとえば詩でもインタビューでも、その言葉は本当に相応しいものですか？　とか、あるいは、この言葉選びで誰かが傷ついた場合にどう責任を取るのか、という問いもまた立ち上がる。それを乗り越えて、それでも意味や意義があるのだという決断を経て、俺の表現はアウトプットされている。とくに言葉はそうだ。

音楽は真逆で、自由そのものでしかないと言うか、ジャカジャーンというギターのカッティングには感情こそあれ、言語的な意味はまったくわからないし、そういった観念的な束縛から解き放たれている、という意味で徹底的に自由である。でも、隣近所の婆さんが夜も眠れないと訴えるならば、止めなければならないのだけれども。音楽は自由だけれども、違う角度で、別の場所から誰かの自由が衝突してくる場合もある。だから、本当の意味では、自由なんて、ない。幻想だと思う。というか、観念のなかだけのものだと思う。現実に表出させて、それをドライブさせるには、もっと知恵が必要なのだと感じる。そして、前にも書いたけれど、自由と自由が衝突するラインについては常にアップデートし続けていく必要があるのだ。

やってはいけないこと、言ってはいけないこと、描いてはいけないこと、表現にもそういったラインが、俺はあると思う。なんでもやっていいなんていうのはただの怠慢であって、自由ではない。クソほどの批判を受けようとも、処罰されようとも、責任を全うする覚悟があって、はじめて立ち上がるものだと思う。そして、人を傷つけたり、命を奪ったりする行為に、自由などあってたまるかとも思う。

でも、俺たちは自由を夢想し続けないといけない。そこのところが難しい。維持管理という言葉が近いのかもしれない。放り出してはいけないけれど、寄りかかっても、ぶら下がってもいけない。そういうものだと思う、自由とは。

2015.1.10

追記：続・自由について

だからこそ、「イマジン」とジョンは歌ったのだと思う。自由とか、ある種の理想は頭の中だけのことかもしれない。だからこそなんでもできる。思い描くことが、頭の中でそれを行なうことが、我々の生活や現実をポジティブな向きに引っ張りあげている。そういった想像力のない社会は地獄だろう。どうせ実現なんて不可能だろとか、頭がお花畑だとか、そういうこと言うヤツらは骨の髄まで阿呆なのだ。想像すること、そのものに意味があるのだ。本当の自由があるのは、頭の中だけだ。そこでは、重力からだって解放される。

2015.1.12

あとがき

ミシマ社の三島さんに「あとがきを書かせてください」とメールを送ったのはいいけれど、何を書けばいいのかまったくわからない。けれども、いくつかの言葉を付け加える必要がある。ような気がする。そんな未明の想いに駆られてMacBook Proのキーボードをポチポチと打っている。

思い起こせば、アジカンの公式サイトに綴ってきた日記を書籍にするなんて考えてもみなかった。このような駄文は無料でこそと思い、会員向けのコンテンツとして有料化されることにも頑《かたく》なに反対してきた。にもかかわらず、どうして俺はこのような本を作りたいと思ったのだろう。

書くことや読むことに対する意識は、書けば書くほど、読めば読むほど高まっていくものなので、ターニングポイントになるような瞬間を思い起こすことは難しい。一曲書くたびに、一冊読み終わるたびに、薄皮を脱ぎ捨てるような進歩があるのだろうけれど、普段はそれを意識しないので、今いる場所から振り返ってみると随分進んでいる、というやり方でしか認識することができない。けれども、自分にとって、二〇一一年の三月十一日の二時四十六分からの数日間は、とても重要な時間だったと思う。

長い沈黙のような時間だった。

祈りと喪失でホワイトアウトしたような体験だった。

それでも、沈黙のなかで未明のなにかがグツグツと煮えていた。

窓の外では多くの誰かが静かにしろと大声で叫んでいた。

それでも未明のなにかは、ドクンドクンと鼓動するのを止めなかった。これを捕まえて、沈黙を破って世の中に放つことが表現だと俺は思った。それは書きはじめてからずっと繰り返し行なってきたことだった。ここで静かにしてしまったら、これまで書いてきたこと、作ってきた曲、歌ってきた想い、すべてが崩れ落ちて、塵《ちり》のようになってしまうと思った。

そのときに書いた歌詞を最後に掲載したい。

砂の上

ある春の午後に僕らはまだ揺れている
一切れのパンを分け合えずにいる
その夜に君は何も出来ずに途方に暮れる
愛はあるか　祈りはあるか

ある春の夜に僕らはまだ揺れている
一枚の毛布に君とくるまって
次の日の朝も何も出来ずに途方に暮れる
愛があるさ　祈りがあるさ

ほら今鳴らさなきゃ
闇に涙がこぼれ落ちて
僕の無力なこの声も 響き合って 砂の上

十年後に僕はどこで何をしている?

誰かと一緒に笑ってるかな
十年後の君はどこで何をしている?
愛はあるかい?　祈りはあるかい?

ほら今鳴らさなきゃ
闇に涙がこぼれ落ちて
君の小さな想いも 響き合って砂の上

水たまりを飛び越えてスキップしよう
風の音に耳を立て ドキっとしよう
日当りの良い窓辺で居眠りをしよう
そんな日を思って

ほら今こそ 鳴らさなきゃ
闇に涙がこぼれ落ちて
僕らは小さな想いも 讃え合って生きて行くんだ
確かめ合って 砂の上

続・あとがき

四散する興味を頼りに殴り書いた日記を選別し編集してくださった三島邦弘さんと青山ゆみこさんの技術によって、紙に刷れるクオリティにまで引き上げていただきました。巻末にお礼の言葉を書き綴るのは書くことがないみたいでダサいと長年思っていましたが、素直に出てきますね、こういう想いと言葉が。以後、あとがきで感謝の意を綴るのはダサいという偏見は投げ捨てます。ほとんどの文章が二〇一一年の三月十一日以降のものであることは、おふたりがじっくりと原文を読んでくれた証です。ありがとうございました。

そして書籍は読者フレンドリーなので要請があるならばどんどん作ったほうがいいと背中を押してくださった内田樹《たつる》先生にも感謝します。バンドの公式サイトに書いていた駄文を金銭に換えるなんて芸能人の集金用のブログ本みたいで嫌だなと思っていましたが、収益は正しく仲間や後続のひとたちに贈与しなさいという内田先生の言葉で、凝り固まった部分がすっとほぐれました。実行します。

二〇一六年三月十二日

後藤正文

編集協力　青山ゆみこ
装幀　名久井直子
写真　濱田英明
ヘアメイク　藤岡ちせ
スタイリスト　岡部みな子
衣装協力　Lui's TOKYO

後藤正文（ごとう・まさふみ）

1976年静岡県生まれ。日本のロックバンド・ASIAN KUNG-FU GENERATIONのボーカル&ギターを担当し、ほとんどの楽曲の作詞・作曲を手がける。ソロでは「Gotch」名義で活動。また、新しい時代とこれからの社会を考える新聞『THE FUTURE TIMES』の編集長を務める。レーベル「only in dreams」主宰。著書に『ゴッチ語録 決定版－GOTCH GO ROCK!』（ちくま文庫）など。

何度でもオールライトと歌え

二〇一六年五月三日 初版第一刷発行
二〇一六年五月二十日 初版第三刷発行

著　者　後藤正文
発行者　三島邦弘
発行所　㈱ミシマ社
郵便番号一五二－〇〇三五
東京都目黒区自由が丘二－六－一三
電話　〇三（三七二四）五六一六
FAX　〇三（三七二四）五六一八
e-mail hatena@mishimasha.com
URL http://www.mishimasha.com/
振替　〇〇一六〇－一－三七二九七六

印刷・製本　㈱シナノ
組版　㈲エヴリ・シンク

ISBN978-4-903908-75-5